환상 이야기

금기웅 소설집

환상 이야기

초판 1쇄 발행일 2019년 6월 3일

지은이 금기웅
펴낸이 김종해
펴낸곳 문학세계사

주소 서울시 마포구 신수로 59-1(04087)
대표전화 02-702-1800
이메일 mail@msp21.co.kr
홈페이지 www.msp21.co.kr
페이스북 www.facebook.com/munsebooks
출판등록 제21-108호(1979.5.16)

ISBN 978-89-7075-912-8 03810

이 도서의 국립중앙도서관 출판예정도서목록(CIP)은 서지정보유통지원시스템 홈페이지(http://seoji.nl.go.kr)와 자료공동목록시스템(http://www.nl.go.kr/kolisnet)에서 이용하실 수 있습니다. (CIP제어번호 : CIP2019019755)

금기웅 소설집

환상 이야기

문학세계사

차 례

즐거운 수목장 ———— 7

사슴 부적 ———— 37

손바닥의 말 ———— 65

욕망의 입구 ———— 91

유목민과 쇠망치고수 ———— 119

시와 혈서 ———— 143

환상 이야기 ———— 169

〈작가와 작품 해설〉
삶에서 환상에 이르기까지/장 석 주 ———— 201

즐거운 수목장

운구 기사는 고모 시신 침대를 밀며 병실 문을 나갔다. 기사의 침대는 가볍고 단단한 알루미늄 재질이었다. 침대의 다리 네 개는 나무 모양으로 장식되어 있어 세련되어 보였다. 옆에서 침대 다리를 바라보면 나무 위에 고모가 누워 있는 것으로 보였다. 시신 침대 바퀴 네 개에는 윤활유를 잘 칠해 놓은 모양이었다. 스르륵스르륵 소리 내며 병실 복도를 미끄러져 가는 침대 바퀴 소리가 고모의 작은 한숨소리로 들려왔다. 고모의 몸에서 영혼의 무게가 빠져나간 만큼 몸도 가벼워져 바퀴 소리가 작아진 것 같은 느낌이었다. 운구 기사가 정수에게 손을 흔들어주고 시신 침대를 밀며 엘리베이터 안으로 들어갔다. 정수도 얼른 따라 들어갔다.

운구 기사는 뒷좌석을 떼어내고 시신 침대가 들어갈 수 있도록 개조한 봉고차를 병원 1층 현관 문 밖에 주차해 놓았다. 정수가 운구 기사를 도와 고모 시신 침대를 차 안으로 밀어 넣었다. 기사가 낡은 운구차에 올라탄 다음 시동을 걸었다. 차량은 천천히 직진하다가 깜박이를 켠 다음 오른쪽으로 머리를 돌렸다. 정수는 허리를 깊숙이 굽혀 운구차에 인사했다. 밤색 도리구찌 운구 기사가 왼손은 운전대를 잡고, 오른손은 정수를 향해 몇 번 흔들어주었다.

하늘에는 반달이 떠 있었다. 순간, 검은 밤이 허공에서 운구 차량으로 내려왔다. 밤은 이제 까맣게 익어가는 중이었다. 운구 차량은 깜박이로 붉은 빛을 토해내며 밤의 문을 열었다. 정수는 앞이 먹먹해졌다. 운구 차량이 사라질 때까지 그 자리에 서서 오래 움직이지 않았다.

공장으로 출근하는 버스 안이었다. 정수가 ㅊ요양원 직원이라는 사람으로부터 온 문자를 받았다.

환자가 연로해서 잘 토하고, 소화가 안 된답니다. 링거를 맞고 싶답니다.

정수의 고모는 아버지 5형제 중 가장 맏이로 형제 중 혼자 생존해 계신다. 슬하에 자식이 없어 '무연고자 생활보호 대상자'로 요양원 시설에 거주한다. 지금 그 시설에서만 15여년이 넘는다. 오후에 요양원으로 가서 고모 면회를 신청하고, 병원에서 링거주사를 맞혀드리기로 마음을 정했다. 요양원 여직원이 검은 표지로 된 면회 접수대장을 정수에게 내밀며 면회 온 사람의 인적 사항과 입소자의 관계를 적으라 했다. 고모 이름을 적고 관계를 조카로 적었다. 분홍 재킷 요양원 직원이 고모 휠체어를 밀며 현관 앞으로 내려왔다. 순간 요양원 마당에서 찬바람이 불어왔다. 요양원 마당에 널려 있던 낙엽들이 훅 하고 달려들었다. 정수는 준비해 간 마스크를 고모 얼굴에 채워드렸다.

요양원에서는 병원으로 가는 봉고차를 배차했다. 기사는 좌석에서 내려와 봉고차 뒷문을 열어놓고는 다시 차 안으로 들어가 좌석에 앉았다. 기사가 좌석에 앉아 휠체어를 봉고차에 넣으라며 소리질렀다. 정수는 혼자 휠체어를 봉고차 안으로 밀어넣는데 처음해보는 것이라 요령을 몰라 낑낑댔다. 기사는 또 정수에게 차량 뒷문을 닫으라고 소리치더니 차에 시동을 걸고 혼자 출발했다. 얼른 쫓아가 차에 올랐다. 차량이 ㄱ종합 병원 현관 앞에 정차했다. 기사는 고모를 내려놓고는 아무 말도 없이 시동을 걸고 가려 했다. 정수가 당황했다. 고모가 요양원으로 돌아갈 때 어떤 차로 가야 하는지 물었다. 갑자기 운전기사가 크게 소리 질렀다.

내가 당신 운전기사요? 나는 시설의 관리부장이요. 사무실에 말해요.

정수가 고맙다고 인사를 할 틈도 없이 기사는 빠르게 출발해 가버렸다. 정수는 휠체어를 밀며 병원 안으로 들어갔다. 1층 안내실 직원에게 어느 과로 진료를 해야 하는지 물었다. 안내원은 고모와 그를 물끄러미 바라보더니 접수증에 내과로 썼다가, 신경과로 썼다가, 다시 가정의학과로 정정해 주었다. 그러면서 가정의학과가 2층에 있다며 올라가라 했다. 가정의학과 의사가 고모에게 물었다.

어디가 아파서 오셨나요?

고모는 아무 말도 못 하고 고개를 떨어뜨린 채 앉아만 있었다. 정수가 얼른, 고모님은 요양원에서 왔는데 링거를 맞고 싶다고 해서 왔습니다, 하며 거들었다. 의사는 빙그레 웃으며 고모에게 주사를 맞고 싶은지 물었다. 고모는 모기 소리처럼 작은 목소리로 '예' 하고 대답했다. 의사는 처방전을 써서 간호사에게 넘겼다.

고모가 입원한 지 20일쯤 되었을까? ㅊ요양원 간호사라며 정수에게 전화가 왔다. 간호사는 명령조로 말했다.

환자가 지금 입으로 피를 토하고 거동을 못하니, 병원에 입원시켜야 해요. 빨리 조카가 와서 입원시키세요.

저는 지금 공장에서 일하는 중이라 자리를 뜰 수 없습니다. 간호사님이 입원을 시켜주면 면회 갈게요.

간호사가 대뜸 소리 질렀다.

조카가 보호자 아닙니까? 도대체 왜 입원을 못 시킨다는 겁니까?

어이가 없었다. 간호사가 무엇을 착각한 것 같았다. 고모가 요양 시설에 돈을 내고 입원한 유료 환자라면 당연히 그런 지시가 가능했다. 고모는 자식이 없는 무연고자였다. 고모는 구청에 '요양 시설 무료 수급자'로 등재되어 있고, 무연고자로 무료 요양원에 입소한 분이었다. 바로 요양원이 고모의 보호자였다. 요양원 시설은 무연고자인 고모가 아프면 병원에 입원시키고 돌보아야 했다.

그런데 요양원 간호사는 정수에게 명령을 내리듯 수시로 전화했다. 명절 때 시설에 면회를 가보면, 직원들은 면회 오는 사람에게 아는 체는커녕 눈인사도 하지 않았다. 직원들 모두가 쌀쌀하게 대했다. 사무국장, 총무 등 직원들은 하나같이 눈이 길게 찢어졌고, 눈꼬리 끝이 올라갔다. 코도 모두 주먹코로 닮아 있어 아무리 판단이 둔한 사람이 보아도 모두 친인척임을 바로 알 수 있었다. 고모도 말했다.

요양원이 말도 못 하게 불친절해. 나라에서 매달 노인에게 주는 노인 연금 25만 원도 영수증을 가져와야 돈을 준데. 나는 영수증 없다고 안 줘.

시설에서는 정부에서 65세 이상자로서 소득 수준 20% 이하의 노인에게 지급하는 노인기초연금을 영수증을 제출해야만 지급한다는 것이었다. 요양원은 규정에도 없는 조항을 임의로 만들어 운영하고 있었다. 다음날, 요양원 직원이라는 사람이 전화했다.

고모님을 ㄱ병원 중환자실에 입원시켰어요. 605호실입니다. ㄱ병원은 우리 ㅊ요양원과 치료 협약을 맺은 연계병원입니다.

정수가 퇴근 무렵 ㅊ요양원의 간호사에게 전화해 보았다.

고모님이 입원한 병원에 면회를 가보려는데, 아무 때나 가도 되나요? 혹시 몇 시쯤 가면 면회를 할 수 있나요?

아니, 왜 나한테 물어요. 내가 대한민국 병원의 면회시간을 전부 다 알고 있어야 하나요?

요양원 간호사는 거칠게 전화를 끊어버렸다. 오전에 정수에게 전화한 ㅊ요양원의 어느 직원은 요양원과 입원 협약을 맺은 병원은 ㄱ병원 단 한 곳뿐이라고 알려주었다. 간호사는 요양원에 있는 노인들을 수시로 ㄱ병원에 입퇴원 시키는 업무가 자신의 담당 업무가 아니었던가? 그런데 간호사는 시설과 단 한곳뿐인 연계병원의 면회 시간을 모른다고 잡아뗀 것이었다. 요양시설에서 근무하며 월급을 받는 직원이 아니라, 상급 기관에서 시설에 점검 나온 감독 공무원같이 행동했다.

저녁 7시경, 정수가 일을 마치고 고모 면회를 위해 ㄱ병원으로 갔다. 고모는 병원 중환자실에 누워 양팔에 링거주사를 여러 대 꼽고 있었다. 안색이 검고 힘이 없어 보였다. 오직 링거의 힘으로 생명을 연장하는 것 같았다. 간호사에게 물었다.

혹시 요양원에서 누가 면회 온 사람이 있었나요?

간호사는 요양원에서 면회 온 사람은 아무도 없었다고 했다. 고모는 15여년을 ㅊ요양원에 계셨다. 요양원은 지방 자치단체로부터 매달 무료 입소자 한 사람당 일정 금액의 돈을 받고 있다. 또한 자신들의 급여와 요양 시설을 관리하는 유지비도 별도로 국가와 자치단체에서 지원받아 운영하는 시설인데도 아무도 면회를 오지 않았다는 것이다.

정수는 고모에게 인사하고 병원을 나왔다. 고모는 초점 없는 눈으로 멍하니 허공만 바라보며 누워 계셨다. 겨울의 거리에는 가랑비가 내렸고 지하철로 들어가는 주변 건물에는 네온이 가득 들어왔다. 빌딩의 불빛들은 속없이 어둔 허공에서 휘황하게 번쩍거렸다. 도로에는 자동차들의 기다란 불빛 행렬이 꼬리에 꼬리를 물며 지나갔다. 많은 불빛 속에서 고모를 도와줄 따스한 빛은 어디에도 보이지 않았다. 정수는 비를 맞으며 지하역 입구를 향해 내려갔다.

*

    정수는 이번에 병실에서 고모가 죽음에 이르는 과정을 모두 지켜보았다. 아버지는 시골에서 제사를 지내고 돌아오다가 트럭에 치어 사고 현장에서 바로 돌아가셨다. 어머니도 치매를 앓아 숙소와 친척 집을 전전하다가 마지막에는 요양 시설에서 돌아가셨다. 두 분 다 모두 사망하고 난 다음 연락을 받았기 때문에 정우는 부모 임종을 지키지 못했다. 고모가 입원한 지 6일째 되는 날이었다. ㄱ병원에서 전화가 왔다. 고모가 임종이 임박했으니 빨리 오라는 전화였다. 허겁지겁 달려갔다. 역시 시설에서 면회 온 사람은 아무도 없었다. 고모는 그가 도착하자마자 임종하셨다. ㄱ병원 여의사는 기침을 두 번 하고는 벽에 걸린 시계를 한 번 올려다보았다. 의사는 다시 기침을 한 번 더 했다.

    ㄱ병원 제1006실 입원환자 안금순에 대해 모년 모월 모시 몇 분에 사망을 선고합니다.

    40대로 보이는 여의사는 목소리를 전혀 떨지 않았다. 의사는 사망선고 경험이 많아서인지 침착했다. 정수는 병원에서 의사가 사망선고 하는 장면을 직접 본 것은 이번이 처음이었다. 병실 현장에서 고모의 시신을 보며 사람이 죽어서 경직되는 과정을 직접 보았다. 시신은 입을 벌린 채 목을 쳐들고 있었고 눈은 반쯤 감겨 있었다. 의사는 선언하듯 말했다.

현재 사망자의 주소는 ㅊ요양 시설로 되어 있고 무연고자입니다. 이제 시립병원 영안실에서 곧 시체 운구를 하러 올 겁니다.

정수는 먹먹했다. 당황해 의사에게 물어보았다. 혹시 요양원에서 오신 분이 있습니까? 의사 옆에 있던 간호사가 아무도 오지 않았다고 대신 대답해 주었다. 고모가 사망이 임박하자 ㄱ병원에서 고모 보호자인 요양원에 전화해 알려주었다. 병원에서 전화를 받은 요양원 직원이나 다른 어느 직원도 병원에 오지 않았으며 심지어 정수에게 ㄱ병원에서 전화 받은 내용도 알려주지 않았다.

고모가 사망하고 나서 한 시간쯤 지났을까. 밤색 도리구찌를 쓴 60대 후반 남자가 바퀴 달린 침대를 밀며 병실로 들어왔다. 시체 운구 기사로 보였는데 언뜻 보아도 온몸에 노련미가 가득 흐르는 사람이었다. 시체를 운구하는 저승사자 비슷한 직업이어서 그런지 전문 직업인의 포스가 몸에 가득 배어 있었다. 그는 고모 시신은 아예 쳐다보지도 않고 대뜸 큰소리로 화를 냈다.

여기 사망자 보호자가 누구요? 왜 전화를 열 번도 더 했는데, 받지 않아? 내가 한참 헤맸잖아.

정수는 당황했다. 정수 핸드폰의 벨이 울린 적이 없었다. 정수가 전화 온 적이 없다면서 핸드폰을 열어 운구 기사에게 보여주었다. 시립병원 영안실 운구 기사는 그의 핸드폰을 받아 한참을 들여다보았다.

이상하네, 내가 분명히 열 번도 더 했는데.

운구 기사가 자신의 폴더 핸드폰을 열어 그에게 보여주었다. 운구 기사가 핸드폰으로 걸었다는 번호는 정수의 전화번호가 아니었다. 핸드폰 번호 마지막 번호 한 자리 숫자가 정수 번호와 달랐다. 문득 정수는 운구 기사의 행동이 엉뚱해 보인다는 생각이 퍼뜩 들었다. 기사가 딴 생각을 하는 것 같다는 생각이었다. ㄱ병원에서 ㅊ요양원에 고모 사망 사실을 알려주자, ㅊ요양원 직원은 시립병원 영안실로 전화했을 것이다. ㄱ병원 1006호로 가라고 분명히 전달했을 터였다. 병원으로 가면 조카가 있을 것이라며 조카인 정수의 전화번호도 알려주었을 것이다. 그런데 운구 기사는 엉뚱한 소리를 했다. 정수는 따질 기운도 없었다. 얼른 사과부터 했다.

죄송합니다. 담배 값이라도 드려야 하는데. 죄송합니다.

운구 기사는 그때서야 웃으며 조금 부드러워졌다.

나, 이거 참, 미안하게 되었네, 내가 뭘 잘못 눌렀구먼. 하하하. 나는 ㅊ요양원 직원이라는 사람으로부터 ㄱ병원으로 가라면서 당신 전화번호를 알려줘서 걸었네. 그러고 나서 이 병원으로 온 거야. 그런데 이상하게 끝 번호 한 자리가 잘못 되었네. 하하하하.

정수는 운구 기사의 말이 뒤틀린다는 생각이 들었다. 혹시 요양원 직원이, ㄱ병원 1006호실로 가면 된다고 하지 않았던가요? 제 전화번호도 알려주지 않았나요? 하며 물어보려 했다가, 제 전화번호가 아닙니다. 죄송합니다. 하며 연신 허리를 굽혀 사과했다.

나, 이거 원 참, 미안하게 되었구먼. 당신한테 말하는 거 아니오. 내가 오늘 ㅊ요양원에서 이 병원으로 가라고 연락을 받았소. 참 그런데 내게 전화해 준 그 요양원 직원은 어디 있소? 어디 얼굴 한번 봅시다.

옆에 있던 간호사가 요양원 직원은 병원에 오지 않았다고 대답했다. 시립병원 운구 기사는 마치 연설을 하듯 정색하며 말했다.

나는 시립병원에서 무연고 사망자 시체 운구 일을 25년 넘게 담당하고 있어요. 무연고자가 사망한 경우, 항상 요양원 직원들과 함께 일해요. 시설에서 아무도 안 왔나요?

다시 정수가 아무도 오지 않았다고 했다.

이상하네? 정말 이런 경우가 없는데? 이상하네?

운구 기사는 어이없다는 표정을 하며 고개를 갸우뚱거렸다. 오늘 요양원 시설 직원들은 ㄱ병원으로부터 고모가 사망이 임박하다는 연락을 받았다. 그리고 시립병원 장례식장 운구 기사에게 연락해서 ㄱ병원으로 가라고 알렸을 것이다. 결국, 요양원 직원들은 사무실에서 익명의 그림자 뒤에 숨어 전화 릴레이만 했던 것이다. 그들은 고모를 15년이 넘도록 관리해온 직원들이었다. 그 동안 고모와 미운 정 고운 정도 많이 들었을 것이다. 그런데도 냉정했다. 병원에 오기 싫으면 정수에게라도 일이 바빠서 못 간다고 전화해 줄 수도 있었다. 비정한 사람들이었다. 더구나 요양원에서 병원은 얼마 걸리지도 않았다. 자동차로 20분이 걸리지 않는 거리였다. 그 시설에서 단 한 곳뿐인 연계병원이었다.

순간 정수는 전에 읽었던 페터 희[1]의 장편소설 한 장면이 떠올랐다. 죽은 어린 소년 이사야의 뒤를 따라가던 스웨덴 사회복지사의 모습과 너무 달라 보였다. 스웨덴의 사회복지사는 눈보라가 까맣게 내리치는 동토 그린란드 공동묘지로 향하는 운구행렬 뒤를 묵묵히 따라갔다. 소설에서 묘사된 그런 직원은 ㅊ요양원에 한 사람도 없었다. 냉정했다. 자신들이 관리하는 시설에 입소한 노인들이 사망하면 내치는 사람들이었다. 그들의 몸은 잠시 편했을지 몰라도 할 일은 하지

---

[1] 덴마크 출생 작가(1957.~). 장편『스밀라의 눈에 대한 감각』등 다수.

않았다. 자신들이 준수해야 할 〈요양시설직원관리규정〉에
도 시설에서 사망한 무연고자는 운구 기사가 분명히 지적했
듯 사망 병원, 장례식장, 화장장 절차까지 모두 수행하도록
되어 있었을 것이다.

일장 연설을 마친 운구 기사가 고모 시신 앞으로 다가갔
다. 운구 기사는 누워 있는 고모 시신을 노련한 눈매로 응시
했다. 흰 장갑을 꺼내 놓고는 천천히 두 손을 위로 한번 올렸
다. 올린 손을 내려 왼손부터 차례대로 장갑을 꼈다. 그런 다
음 손바닥에 마치 기합을 넣는 것처럼 '얍' 하고 크게 소리 질
렀다. 손바닥도 탁탁 소리 내며 몇 번을 마주쳤다. 그런 다음
두 손을 자신의 머리 위로 들어 올렸다. 다시 '얍' 하는 기합소
리를 내며 들고 있던 손은 아래로 내려 허공을 향한 고모 턱
을 능숙하게 두 손으로 잡아 아래로 끌어내렸다. 기사는 고모
의 벌어진 입도 다물어 주었다. 눈도 몇 번 쓸어내려 감겨 주
었다.

다음에 시립병원의 금색 문양이 인쇄된 희고 큰 천을 넓게
펴서 익숙하게 고모 시신을 덮었다. 운구 기사는 재야 무림고
수가 강호에서 오랜 세월 무공을 수행하듯 손 한 동작 한 동작
을 노련하게 시신을 다루었다. 이리저리 시신을 돌려가며 흰
천의 네 귀퉁이에 부착된 끈으로 시신을 묶었다. 기사가 정수
를 쳐다보며 한마디 했다.

어이, 형씨. 내가 가져온 침대로 시신 옮기는 것 좀 함께 도와주소.

정수는 운구 기사를 도와 시신을 그가 가져온 운구 침대로 옮겼다. 시신은 무거웠다. 과연 두 사람이 들어보니 운구 기사 혼자 들 수 있는 무게가 아니었다. 영혼을 내려놓은 시신은 지상을 떠나기 싫어하는 것처럼 무섭도록 무거웠다. 기사가 운구 침대를 밀고 나가며 말했다.

그럼 며칠 후에 시립장례식장에서 다시 봅시다. 시립 장례식장에서 요양원으로 연락이 갈 거요. 그럼 요양원에서 당신한테 연락할 게지. 아니 이번에도 또, 요양원에서 당신에게 연락 안 하고, 시립 장례식장에서 당신에게 직접 연락하겠구먼. 허허허허.

며칠 후 과연 운구 기사가 예측했던 그대로였다. 정수에게 시립 장례식장이라면서 전화가 왔다. 노련한 운구 기사가 이미 예상해준 대로였다. 확실히 시립병원 운구 기사는 무연고자 장례식계의 고수였다. 그가 예측한 대로 시립 장례식장에서 직접 정수에게 발인에 참가하라는 전화가 왔던 것이다. 이번에도 요양원은 침묵했다.

시립병원 장례식장의 발인 절차는 일반 장례식장과는 많이 달랐다. 우선 문상객이 아무도 없었고 장례 절차도 간단했다.

사실, 정수가 시골에 살고 있는 고모 조카들에게 장례식에 와달라고 문자를 여러 번씩 보냈다. 장례식장에 온 사람은 아무도 없었고 못 온다는 문자조차 없었다. 정수가 시립 장례식장 영안실 안으로 들어갔다. 머리가 부스스하게 뜬 영안실 직원 두 사람이 흰 가운을 입고 차가운 영안실에서 좀비처럼 서 있었다. 냉동 관들이 있는 영하의 장소에서 장기간 근무하다 보면 그들처럼 얼굴이 떠있는 상태로 변할지도 몰랐다. 키가 큰 직원이 냉동 관 서랍을 열었다. 직원은 고모 시신이 맞는지 확인하라고 했다. 고모는 마치 살아있는 사람처럼 편안히 누워 계셨다. 정수는 고모 시신 앞에서 기도했다. 불교신자인 고모에게 편안히 극락에 가시라고 부처님께 빌어드렸다.

발인 날에도 요양원에서는 한 사람도 나타나지 않았다. 시립 화장터로 출발하는 운구차의 기사가 정수에게 차에 오르라고 손짓해 조수석에 올랐다. 그런데 운구 기사가 지난번 ㄱ병원으로 운구하러 왔던 기사와 얼굴 윤곽이나 말투가 아주 닮아 보였다. 운구 기사에게 물었다.

지난번에 ㄱ병원에 오셨던 분하고 많이 닮은 것 같습니다,

아, 그 분, 내 친형이요. 우리 형제가 함께 이 일을 하지. 하하하.

운구 기사는 정수에게 시립 영안실에서 발인할 때 ㅊ요양원 직원들이 영안실로 찾아왔었는지 물어왔다.

아무도 오지 않았습니다.

참, 그 사람들 너무하네. 내가 형한테 이야기 들었어요. 암, 그런 경우가 없지. 내가 그냥 한 번 물어본 거요. 허허허.

운구 기사도 씁쓸한 표정이었다. 시립 화장장에 도착하니 군악대원 제복처럼 멋있게 차려입은 20대 남자 직원과 여직원 두 사람이 대기해 있는 것이 보였다. 그들이 운구 차량 앞으로 다가와 정중히 허리를 굽혔다. 그들과 함께 시신 침대를 내린 다음 화장장 입구로 들어갔다. 검은 양복 차림의 안내 직원이 정수를 2층 대기실로 안내했다. 화장을 시작한 지 한 시간 반쯤 지났을까. 대기실의 스피커로 화장이 완료되었다는 안내 방송이 흘러나왔다. 잠시 후 검은 정장을 입은 직원이 대기실 안으로 들어와 따라오라고 손짓했다. 정장 직원을 따라 지하실로 내려갔다. 화장장은 전면이 큰 유리 벽으로 되어 있어 화장장 내부에서 직원들이 작업하는 모습을 환히 들여다볼 수 있도록 설치되어 있었다. 흰 가운을 입은 직원들이 유리벽 안에서 마치 첩보영화에서 나오는 비밀 실험실 요원들같이 마스크를 쓰고 묵묵히 맡은 일들을 수행했다.

한 직원이 강철로 된 화로 문을 열었다. 직원은 작은 손 삽으로 유골 조각들을 퍼 담아 자동 절구 기계 안으로 쓸어 넣었다. 자동 절구 기계는 정확히 10분 후에 빻는 동작을 정지했다. 유리문 밖에 서 있는 사람들이 10분으로 조정된 붉은 타이머 숫자가 자동으로 줄어드는 모습을 보도록 되어 있었다. 이어서 40대 직원이 빗자루로 유골 분을 쓰레받기에 쓸어 담아 흰 종이 위에 올려놓았다. 나이 든 직원은 한약을 싸는 종이접기 방식으로 유골을 접어 목제 유골함으로 옮겨 넣었다. 고참 직원은 유골이 든 목제함을 흰 보자기로 단단히 매어 정수에게 건네주었다.

고모가 살아계셨을 때 다녔다는 절을 찾아갔다. 유골함을 들고 시외버스를 탔다. 처음 가보는 절이었는데 산으로 올라가는 길이 급경사지어서 무척 가팔랐다. 산길을 지나가자 깊은 숲속에서 이름 모르는 새들이 요란하게 지저귀었다. 고모는 돌아가시기 몇 달 전에 정수에게 당부했다. 절 스님에게 사십구재를 부탁했으니 그렇게 알고 찾아가서 제사를 지내 달라고 했다. 절에 도착해 대웅전에 앉아 있는 스님에게 망자의 조카라며 인사를 드렸다. 스님이 아는 체했다.

아 그래요? 내가 얼마 전에 말씀 들었어요.

노스님은 고모가 부탁한 사십구재 제사를 기억해 냈다. 스님이 나이 많은 처사를 불렀다.

어이, 이 처사, 유골을 절 뒤쪽에 묻어드리게.

처사는 스님보다 나이가 더 들어 보였고 얼굴 전체가 심하게 쪼글쪼글해 마치 저승사자를 닮은 인상이었다. 얼굴에다 쪼글쪼글한 회색 가죽 가면을 씌워놓은 것같이 보였다. 일생을 절에서 보낸 모습이 그의 얼굴에 역력히 드러나 있었다. 처

25

사가 담벼락에 세워둔 삽을 집어 들고는 앞장서서 걸었다. 처사는 걸어가다가 들고 가던 유골함에서 유골 분 꾸러미는 꺼내고 목제 유골함은 벽돌로 지은 소각장 안으로 정확히 던져 넣었다. 처사는 비록 얼굴은 쪼글쪼글했지만 무림고수답게 한 치의 오차도 없었다. 단칼에 적의 목을 베듯 던지는 동작이 정확했다. 소각장 안에서 턱 소리를 내며 떨어지는 유골함 소리가 걸어가는 정수 등을 때렸다.

처사가 유골 꾸러미는 정수에게 건넸다. 유골을 포장한 종이 꾸러미에는 아직 따스한 온기가 남아 있었다. 처사 뒤를 따라 계속 산으로 올라갔다. 산은 점점 더 가팔라졌다. 산길은 앞이 보이지 않았다. 나무들마다 온통 거미줄을 닮은 흰 줄이 잔뜩 매달려 있다가 지나가는 사람의 옷에 달라붙었다. 처사는 들고 있던 삽을 정수에게 건네주고 낫으로 나뭇가지를 쳐내며 길을 냈다. 처사는 걸어가면서 햇볕 잘 드는 나무들을 일일이 가리키며 설명했다.

자네, 저것 보게, 저렇게 햇볕이 들어와 환한 나무 밑에는 모두 유골이 묻혀 있어. 요즘에는 빈 나무 찾기가 쉽지 않아.

처사는 그곳 사정을 아주 잘 알듯 설명해 주었다. 한참을 더 들어갔다. 무림고수는 마른 나무 하나를 골라 삽으로 아래를 파내고 있었다. 그런데 그 나무는 가시가 수북이 달린 말라죽은 아카시아 나무였다. 햇볕은 잘 들었다. 정수는 산소에

벌초하러 갈 때마다 아카시아 나무는 꼭 베어버린다는 것을 알고 있었다. 정수가 질색하며 말했다.

말라죽은 아카시아 나무는 절대 안 됩니다,

하며 처사에게 다른 나무로 해 달라고 부탁했다. 처사는 정수를 한참 노려보다가 갑자기 정수 앞으로 삽을 휙 내던졌다.

그래? 그럼, 자네가 한 번 골라봐.

정수가 깜짝 놀랐다. 얼른 처사에게 연신 허리를 굽신거렸다. 처사님 제가 무얼 압니까? 처사님이 골라 주십시오. 죄송합니다. 하며 두 손바닥을 싹싹 비벼대며 빌었다. 처사는 두 손을 양 허리에 걸치더니 작은 눈으로 그의 아래위를 노려보았다. 처사의 기에 질린 그가 처사가 내던진 삽을 다시 주워들었다. 삽을 주워 두 손으로 공손히 건네 드렸다. 산 속으로 한참을 더 들어갔다. 처사는 숲이 우거진 어둔 공간 속으로 들어가서 땅을 파기 시작했다.

자네 이것 보게, 이 서까래 조각이 보이지. 이곳이 옛날 집 터야.

처사님, 집터가 묘터로 좋습니까?

그럼, 산자의 터가 집이고, 죽은 자의 터가 묘지 아닌가? 이곳에 묻지, 어때?

처사는 그의 대답도 듣지 않고 땅을 파기 시작했다. 그런데 그곳이 옛날에 집터가 맞는지는 모르겠지만 지금은 전혀 아니

올씨다, 였다. 우선 햇볕이 전혀 들어오지 않았다. 땅이 전체적으로 아래로 푹 꺼졌고 처사가 땅을 파고 있는 위치도 아래로 많이 가라앉았다. 그 일대는 나무와 풀들이 마구 우거진 습지대였다. 땅 속을 파보니 축축한 검은 흙이 나왔다. 순간 자신들의 영역을 침범당해 화난 모기떼들이 사방에서 달려들었다. 얼굴과 목, 팔 다리 수십여 군데를 모기떼에게 물렸다. 처사는 모기떼가 달려드는데도 아무렇지 않은지 계속 땅을 팠다. 파낸 흙도 모두 시커멓게 죽은 검은 빛이었다. 불에 탄 것으로 보이는 검은 나무 조각들도 계속 나왔다. 처사가 시켰다.

어이, 유골 이리 가져와 묻게.

정수는 시키는 대로 흰 종이에 싼 고모 유골을 그곳에 묻었다. 묻고 나서도 마음이 찝찝하고 영 심란했다. 산에서 내려오다가 절에 들려 물파스를 빌려 모기 물린 곳 수십 군데를 화풀이하듯 마구 문질러댔다. 처사가 고집을 부려 습기 많은 음습한 장소에 고모 유골을 묻기는 했지만, 속이 체한 것같이 답답했다. 숙소에 돌아와서도 밤늦게까지 잠이 오지 않았다. 새벽에 비몽사몽 잠이 들기는 했지만, 모기떼에게 마구 물리는 꿈을 꾸었다. 꿈속에서도 내일 절에 다시 가봐야겠다고 다짐을 했다. 꿈에서도 현실인 것같이 고모 유골을 햇볕 잘 드는 곳으로 옮기자고 마음먹었던 것이다.

다음날 정수가 다시 절을 향해 올라갔다. 절 방향으로 가는 급경사 진 언덕길을 올라가며 처사에게 전화를 했다. 처사님 계신가요? 지금 절로 올라가고 있는데 상의할 것이 있어 왔습니다.

그래? 뭔데? 마침 다행이야. 지금 스님이 외출하고 없걸랑? 얼릉얼릉 올라오소. 하하하하.

얼굴이 명태 거죽처럼 쪼글쪼글한 처사는 기이한 도인처럼 웃었다. 정수가 다시 올라올 것을 미리 다 알고 있기라도 하듯 너털웃음을 흘리며 반가워했다. 처사가 일부러 고모 유골을 습한 곳에 묻어놓고 정수를 기다린 것 같았다. 그렇다 해도 어쩔 수 없는 일이었다. 정수가 절에서 처사를 만나 두 손바닥을 싹싹 비벼댔다.

처사님, 어제 밤에 제가 잠을 한숨도 못 잤습니다. 밤새 모기한테 물어뜯기는 꿈을 꾸었습니다. 밝은 곳으로 옮겨 주십시오. 부탁드립니다.

하며 처사 바지에 담배 값을 찔러 넣고 연신 굽신거렸다.

에끼, 이 사람아, 자네 꿈자리가 사납다면 얼릉얼릉 다시 옮겨야지 하하하하. 내가 무신 용빼는 재주 있나? 하하하하.

처사가 벽에 세워둔 삽을 잡더니 먼저 산을 올라갔다. 정우도 뒤따라갔다. 처사는 무엇이 즐거운지 '홍도야 우시 마라' '소양강 처녀뱃사공' 같은 노래를 메들리로 연속 불러 제

컸다. 낮술을 한 잔 했는지 신이 나 보였다. 정수에게는 낫을 건네주었다. 둘은 깊은 산속의 나무들을 보며 돌아다녔다. 마침내 처사가 햇볕이 조금 들어오는 나무 하나를 골랐다. 처사가 그 나무를 가리켰다.

이것 봐 자네, 이게 뽕나무야. 자네 뽕나무 알지? 까만 오디 열매 열리는 나무 말이야. 하하하하.

처사는 이 뽕나무가 아주 땡이라고, 아주 끝내준다고 했다. 정수가 목소리를 낮춰 물었다.

처사님, 뽕나무가 좋은 나무인가요?

처사는 어이없다는 듯 작은 눈으로 빤히 정우를 노려보았다.

에끼, 이 사람아 내 원 참 답답하네, 뽕나무가 열매도 먹고, 뽕잎도 따고, 잎은 누에치잖아. 안 그래?

처사가 눈을 흘겼는데, 처사의 눈이 너무 작아서 흰 자가 보이지 않아 눈은 흘기나 마나였다. 과연 그곳은 햇볕이 조금 들어왔다. 땅을 파보니 흰 모래를 닮은 백토가 나왔다. 배수가 잘 되어 보였다. 처사가 땅을 파며 말했다.

자네 때문에 고모가 아주 좋은 곳에 묻히게 되었네. 잘 됐어, 잘 됐구먼, 하하하.

처사님, 제가 고른 곳이 아닙니다. 처사님이 골라 주셨잖아요. 정말 감사합니다.

정우가 다시 허리를 연신 굽신거렸다.

자네, 이제 마음 편하지. 이제 자네가 한번 파 보라고. 하하
하하.

처사가 정수에게 삽을 건네주었다. 땅을 파면서도 연신 굽
신거렸다. 처사님 덕분에 마음이 아주 편해졌습니다, 하며 인
사했다. 땅을 다 파내고 있는데, 처사가 어느 사이에 어제 묻
었던 고모 유골 꾸러미를 파내 와서 뽕나무 밑에 묻었다. 처
사가 어제 묻었던 고모 유골 자리를 어떻게 정확히 알고 다시
파내 왔는지, 그의 머리로는 도무지 이해가 가지 않는 일이었
다. 궁금했지만 처사의 흥이 나는 분위기를 깰까봐 물어볼 수
도 없었다.

자네 꽉꽉 밟아. 그렇지, 그렇지, 그렇게 꽉꽉 밟아. 어이구
좋다. 이제 다 되었어, 하하하.

처사는 근처에서 큰 돌 하나를 옮겨와 뽕나무 옆에 묻었다.

이게 유골을 묻어둔 표시야. 그래야 나중에라도 다른 사
람이 이곳에 안 묻지 하하하. 이제 다 되었으니 그만 내려가
지, 그런데 자네 점심은 먹었나? 안 먹었으면 밥이나 먹고 가
지. 하하하하.

처사가 성큼성큼 앞장섰다. 처사는 절 방향으로 내려가면
서도 무엇이 그렇게 좋은지 계속 '홍도야 우지마라'와 '소양강 처
녀' 노래를 올라갈 때같이 흥얼거렸다. 정수도 즐거운 기분으

로 처사 뒤를 졸졸 따라갔다. 식당은 절 건물 지하 2층에 있었다. 식당은 100여 명이 앉아도 될 만큼 넓었다. 천장이 바위였고 큰 동굴 속이었다. 자리에 앉은 처사가 호기 있게 주방을 향해 냅다 소리 질렀다.

아줌마, 여기 밥 두 상이요.

그런데 50대 주방 아주머니는 주걱턱에 말상이었다. 얼굴이 까맣고 뺑덕어멈같이 생겼다. 주방 아주머니는 처사 말에 들은 척도 안 했다. 처사를 쳐다보지도 않았다. 어떤 병신 같은 똥개가 와서 짖느냐는 식이었다. 입을 비죽거리며 욕하듯 중얼거리기만 했다. 처사가 내뱉은 말은 허공으로 올라가버렸다. 처사의 말은 식당 허공에 머물다가 흔적도 남기지 않고 어딘가로 흩어졌다. 갑자기 흙빛 얼굴의 주걱턱 주방 아주머니가 뱁새눈을 뜨고 처사에게 큰 소리로 대들듯 물었다.

스님이 가라는 거 갔다 왔어욧?

처사는 주방 아주머니 얼굴을 감히 쳐다보지도 못했다. 고개를 푹 숙이고 힘없이 대꾸했다.

내일 가면 돼요.

정수는 두 사람 눈치가 이상하게 보였다. 주방 아주머니는 처사보다 한참 고수로 보였다. 적어도 몇 수가 위였다. 두 사람의 상황이 어색해진 분위기가 되자 그가 처사에게 말했다.

처사님, 저는 이만 내려가 보겠습니다. 내려가다가 김밥이나 하나 사 먹겠습니다.

처사는 자신의 체면이 똥이 된 것을 만회하려는 듯 일어서려는 그의 어깨를 꾹 눌러 주저앉혔다.

아니 이 사람아, 여기 외진 곳에 무신 김밥 집이 있어, 가만히 있어 봐, 먹고 가.

처사는 주방에 수북이 엎어놓은 스텐 대접 하나를 들고 밥통을 열어 밥을 펐다. 주걱턱 주방 아줌마는 그런 처사에게 눈길 한번 주지 않았다. 정수도 얼른 처사를 따라 일어섰다. 처사가 하는 대로 스텐 대접을 들고 처사를 따라 밥통에서 밥을 퍼담아 식탁으로 가져왔다. 처사가 대형 냉장고 문을 열더니 김치 담은 반찬통과 고추장병을 들고 와서 자리에 앉았다. 처사가 제안했다.

우리, 밥 비벼 먹음세.

처사가 먼저 밥을 비볐다. 그도 처사를 따라 밥에 김치와 고추장을 듬뿍 넣어 비볐다. 맵게 비빈 비빔밥을 다 먹고 나자, 처사가 빈 그릇들을 설거지통에 넣었다. 그도 따라 했다. 주방 아줌마는 식사를 다 마치고 일어설 때까지 말 한 마디 없었다. 간간히 처사를 무섭게 째려보기만 했다. 정수가 식당을 나오며 밥 잘 먹었습니다, 하며 허리를 구십 도로 굽혀 절했다. 주방 아줌마는 벌레 씹은 얼굴 표정을 하며 아예 쳐다보지도 않았다. 오히려 그의 말에 답이라도 하듯 벽 뒤쪽으로 몸을 휙 돌리고는 욕설 같은 소리로 중얼중얼댔다. 정수는 마치 식당에서 몰래 무전취식하고 도망가는 꼴이었다. 기분이 아주 더러웠다. 처사가 말을 걸어왔다.

자네, 이리 와서 커피나 한 잔 하고 가지 그래?

처사가 앞장서며 뒤따라오라고 했다. 식당에서 나와 계단을 올라갔다. 가파른 계단 한쪽 구석에 커피 자판기가 놓여 있었다. 처사는 자판기 옆에 놓아둔 동전 바구니에서 동전을 집어 자판기에 넣고 커피 두 잔을 뽑았다. 한 잔을 정수에게 건네주었다.

처사님, 시장하던 중이었는데 덕분에 잘 먹었습니다.

그래? 그렇게 한 끼 때우면 되지? 뭐, 시장이 반찬이야.

처사는 난방 윗주머니에서 요지를 꺼내 이를 쑤셨다. 처사에게 식당 아주머니가 혹시 반벙어리 아닌가요? 하며 물었다. 처사는 고개를 세게 흔들더니 잠시 주변을 보며 눈을 두리번거렸다. 근처에 누가 감시하는 사람이 있어 듣기라도 하는 것같이 사방을 이리저리 확인해 보는 눈치였다. 아무도 없다는 것을 확인하고 나서 한 마디 했다.

무신 벙어리는. 원래 돼먹지 않은 놈이라 그래. 주지가 그것에게 월급 주고 용돈도 수시로 주니까. 오직 주지 한 사람 말만 들어.

절에서 처사님은 주지님 다음이고 사람이 서열보다도 연세

대접을 해줘야 하지 않습니까? 하며 물었다. 처사가 혀를 몇 번 차며 말했다. 자네 말이 맞아. 내 나이 80이 다 되가는데, 내 말은 아예 그것이 무시해. 내가 말하면 얼굴 코빼기도 안 들어. 사람 취급도 안해. 개똥으로 알아. 내가 아무 영양가 없는 놈인 줄 아나 봐. 말을 쏟아낸 처사는 침을 바닥에 탁 뱉고는 발로 세게 비벼댔다. 정우가 처사에게 식당의 쌀과 반찬은 주방 아주머니가 직접 구입하는지 물었다.

무신, 신도들이 내는 돈과 쌀, 떡으로도 충분해. 모두 신도들이 가져다 준 것으로 만들어.

하루 이틀도 아니고 주방 아줌마 눈칫밥을 드셔서 어떻게 해요?

그러게 말이야, 그놈이 지가 식당 사장인 줄 아나봐. 내 원 참. 더러워서. 퉤퉤.

처사는 다시 침을 뱉어내면서도 무엇이 겁나는지 계속 사방을 두리번거렸다. 정수가 처사에게 고맙습니다, 밥 잘 먹었습니다, 하며 허리를 숙였다.

하산 길은 더 위태로웠다. 정수는 급경사 진 길을 조심스럽게 내려갔다. 올라갈 때와 달리 내려갈 때는 몸의 중심을 잡을 수 없었다. 몸은 비탈길에서 심하게 흔들리고 또 흔들렸다. 간간히 미끄러져 엉덩방아를 찧기도 했다. 험한 비탈길을 내려오며 고모를 생각했다. 그리고 임종을 지키지 못해 죄송했던 부모에 대해 괴로웠던 마음도 조금 가벼워진 것 같았다. 죄송했던 일들은 모두 산 너머로 날아갔다. 산길에서 이름을 모르는 새소리들이 계속 들려왔다. 바람소리도 노래 소리처럼 들려왔다.

문득 고모를 묻은 뽕나무를 생각했다. 뽕나무는 자신의 영역인 뿌리 아래를 고모에게 내주었다. 자신의 뿌리들이 숨 쉬는 지하 공간을 고모가 쉴 수 있도록 비워 주었다. 수목장으로 이용된 수많은 나무들은, 자동 절구로 빻아진 수많은 유골들은, 컴컴한 지하 공간에서 서로 만나게 될 것이었다. 나무들은 한 생으로, 한 삶으로, 힘들게 뿌리내린 지하 공간에서 서로 다른 나무의 뿌리들과 연결되어 있었다. 아니 수목장터의 지하 공간은 수많은 인골들과 인골들이 만나는 장터처럼 자리 잡아 서로 어울리고 있었다. 나무들의 삶과, 인간들의 죽음과, 서로 보이지 않는 끈으로 연결된 환희의 장터였다. 오후 낮달이 하늘에서 조용히 웃었다. 문득 고모가 환하게 웃으며 하늘로 천천히 올라가는 모습이 보인 것 같았다.

사슴 부적

북 카페 벽에는 특이한 그림이 걸려 있었다. 진우가 카페에 들어서자 벽에 뿔이 비대칭적으로 크고 턱이 이마보다 넓은 사슴 그림이 눈에 들어왔다. 루돌프 사슴을 최신 만화 버전으로, 초현실주의 화풍으로 그려놓은 것으로 보였다. 입사원서를 수없이 제출하다가 서른 넘어 겨우 입사한 작은 신용보증 회사에서 직원 회보에 실릴 새내기 근무 소감을 부탁받고 끝내기로 마음먹은 날이었다. 마침 등기소에 출장 가기로 한 날이라 배낭에 노트북을 집어넣고 사무실을 나왔다. 회사 근처 큰 도로 뒷길로 난 작은 골목으로 들어설 때였다. 얼마쯤 걸었을까, 건물 외벽에 마른 담장이덩굴들이 다닥다닥 붙어있는 낡은 건물이 눈에 들어왔다.

골목은 마치 세상 끝에서 불어오는 듯 차가운 바람이 떠도는 길이었다. 가로수 마른나무 잎들이 깨를 추수할 때 도리깨로 흠씬 두드려 맞듯 쏟아져 내렸다. 낙엽들은 어디든 쉬고 싶었겠지만, 멀리 날아가지 못하고 여기저기 쏠려 다니기만 했다. 인색하게 비추는 겨울 햇볕이라도 쐬기 위해 해를 빤히 올려다볼 뿐이었다. 진우도 골목에서 위를 올려다보았을 때, 건물 2층에 매달린 북 카페 간판이 눈에 들어왔다. 멀리 갈 것 없이 카페로 올라가는 돌계단 앞으로 다가갔다. 돌계단은 힘든 시간을 건너온 추억같이 반질반질 닳아져 있었다. 발을 딛고 올라가기가 조심스러웠다.

카페 문은 잠겨 있었다. 몇 번 흔들어 보다가 포기하고 아래로 내려가려 했을 때였다. 3층에서 자주색 모직코트 차림 여자가 건조한 발소리를 내며 내려왔다. 그녀는 진우를 손님으로 여긴 모양이었다. 핸드백에서 키를 꺼내 카페 문에 끼웠다. 바로 문이 열렸다. 카페 안에는 약한 조명이 들어와 있었는데 주인이 스위치를 올리자, 카페 천장에서 주황빛 조명이 쏟아져 내려왔다. 불빛을 따라 온기도 따라 들어온 것같이 따스한 느낌이 들었다. 주황색 조명기구는 당나라 시대에 유행하던 풍등 디자인을 닮았는데 등 갓에는 그가 모르는 한자가 쓰여 있었다.

카페 바닥은 난방이 들어오기 전이라 냉기가 넓게 깔려 있었다. 창가 쪽에 빈자리가 보여 그쪽으로 가서 앉았다. 그리고 온기로 주변을 데우기라고 하듯 파카를 입은 채 앉았다. 카페 책장에는 북 카페라는 이름과는 걸맞지 않게 읽을 만한 책이 눈에 띄지 않았다. 구색에 맞추기 위해 고물상에서 구해온 것으로 보이는 헌책들만 꽂혀 있었다. 구석에서 조용한 음악이 흘러나왔다. 음악은 사슴 그림 옆에 걸려 있는 스피커에서 잔잔히 흘러나왔는데, 황색 조명을 켜면 음악이 자동으로 흘러나오도록 설계해 놓은 모양이었다. 여주인이 말을 걸어왔다.

아직 정식 오픈은 안 했어요, 오픈 전이라도 이용하고 싶으면 언제든 오세요.

그녀는 단골손님을 확보하는 일이 문제라고 했다. 그러면서 이용해 주기를 바라는 눈으로 그를 쳐다보았다. 나이는 서른을 갓 넘긴 것으로 보여 진우보다 많거나 비슷해 보였다. 게임 중독에 걸린 사람으로 보이는 사내가 구석에서 커피를 홀짝거렸다. 스피커에서는 떠난 사랑을 그리워하는 집시곡이 흘러나왔다. 순간, 진우 호기심이 여주인에게 벽에 걸린 사슴 그림에 대해 물어보라며 채근해왔다.

그림이 무슨 상상의 동물처럼 보이는데요? 유명화가가 그린 그림인가요?

아니예요. 제가 그렸어요. 시베리아 수사슴을 그린 거예요. 호호호.

여주인이 빨간 루즈 화장을 한 입술을 왼손으로 가리며 웃었다. 순간 실내조명이 사슴 얼굴에서 카페 여주인의 얼굴로 반사되며, 그녀 얼굴에서 반짝 광채가 났다. 진우가 다시 수사슴 쪽으로 고개를 돌렸다. 사슴은 그 카페가 자신이 독점으로 사용하는 전용공간이라도 되는 듯 당당해 보였다. 처음 진우가 카페에 들어섰을 때 노려보던 표정이 다시 나타났다. 사슴의 그런 표정에서 알 수 없는 묘한 기운이 전달되어 왔다. 사슴은 고개를 든 거만한 표정으로 진우를 내려다보며 콧구멍에서 흰 김까지 내뿜고 있었다.

여주인이 그런 기이한 그림을 그려 걸어놓은 것에 대해 진우는 아무런 사전 정보가 없었지만, 자꾸만 호기심이 가는 것은 어쩔 수 없었다. 여주인이 카페 오픈 전에 자신의 그림 실력도 자랑할 겸, 이목을 끄는 작품을 그려 걸어놓았을 것이라고 짐작할 뿐이었다. 아메리카노 한 잔을 주문했다. 여주인이 커피 두 잔을 들고 와 진우 앞자리에 앉으며 말했다.

전에 만나던 남자친구가 사냥을 좋아했어요. 그런데 시베리아로 들어가 현지 야쿠트족 여자와 살림을 차렸다고 해요. 그렇게 한동안 연락 없던 남자가 시베리아 야생 사슴 사진 몇 장과 손글씨 편지를 보내왔어요. '나는 이렇게 세계의 끝자락에 주저앉아 있다. 그런데 갑자기 네 생각이 난다,' 어쩌구 하며 소식이 온 거예요.

그녀는 한 번 환하게 웃고는 전 남자친구와 둘 사이에 있었던 내밀한 이야기를 꺼내기 시작한 것이었다. 맨 처음에는 남자친구가 보낸 편지를 받고 화가 났다고 했다. 그러다가 마음을 고쳐먹고 야생 사슴 사진을 보며 그 남자친구의 강한 이미지와 결합해 사슴 그림을 그린 것이라 했다. 그런 이상한 그림을 그린 이유는 사람들이 자신을 함부로 얕보지 못하게 하기 위해서라며 활짝 웃었다. 그녀의 성격은 언뜻 단순해 보였지만, 뒤끝도 있어 보이는 여자였다.

카페 주인이 일어나 카운터 쪽으로 가고 나서, 진우가 의자에 등을 기댄다. 실내에는 보일러 온기가 서서히 퍼지며 몸이 나른해진다. 그녀 설명을 듣고 나서 사슴 그림을 다시 바라본다. 사슴 옆으로 희미하게 숲이 보인다. 숲을 바라보는데 무슨 최면이라도 걸린 것같이 앞이 멍해진다. 눈을 감는다. 졸음도 온다. 꿈속에서 야쿠트족이 모여 사는 시베리아 초원으로 간다. 초원 오두막집에 몽골 사람처럼 얼굴색이 누렇고 눈 꼬리가 위로 올라간 섹시한 야쿠트족 처녀가 앉아 있다. 벽 전체를 흰 횟가루로 칠한 실내 안이다. 오두막의 열린 문으로 보면 끝이 보이지 않는 평원이다. 숲에는 사슴 무리들이 무리 지어 있고, 카페 여주인이 그린 기이하게 생긴 사슴도 보인다. 갑자기 사슴 떼들이 무엇에 쫓기는 것같이 우르르 달려간다. 맨 앞에서 달리는 수사슴의 리드를 받으며 암사슴들이 뒤를 따라간다. 순간, 진우가 카페 여주인의 남자친구로 변신한다. 달리는 말의 고삐를 단단히 쥔다. 말 등에 매달아놓은 연발 라이플총이 흔들린다. 떼지어 달리는 사슴 떼들을 유쾌하게 쫓는다. 진우의 등 뒤로 더운 땀줄기가 흘러내린다.

깜짝 놀라 눈을 뜬다. 자신이 그런 입장이었다면 좋을 것이라며 머리를 흔든다. 눈을 뜬다. 사방이 환해지며 카페 실내가 조금씩 눈에 들어온다. 그의 가슴에는 아직 툰드라 숲속의 여운이 남아 있다. 달리던 수사슴 잔영이 눈앞에서 천천히 사라진다. 골목길에서는 트럭 한 대가 요란한 경적음을 내며 겨울을 통과하는 중인가 보다. 자동차의 목쉰 경적소리는 중단되지 않는다. 소리는 건물 외벽을 타고 카페 안으로 기어이 올라오려 한다.

그때 여학생으로 보이는 젊은 여자가 카페 안으로 들어왔다. 그녀는 그곳 카페 구조를 잘 아는지 곧바로 주방 안으로 들어갔다. 물 끓는 소리, 컵 씻는 소리가 잠자던 주방을 깨웠다. 다시 남자 한 사람이 들어왔다. 40대 마른 사내였는데 낡은 회색 파커를 입었다. 사내가 쓴 검은 모자도 회색이었다. 등에 낡은 배낭을 메고 손에는 검은 비닐봉지를 들었다. 남자가 모자를 벗었다. 사내의 머리숱이 거의 보이지 않았다. 그는 옆머리를 길러 위로 솟게 한 다음 뒤통수 쪽으로 묶어놓아 마치 작은 사슴뿔 모양으로도 보였다. 남자가 탁자에 배낭을 내려놓고 나무 독서대를 꺼냈다. 독서대의 스프링이 나무판을 치는 소리가 카페 실내를 크게 한 번 흔들어놓았다. 그 소리에 반응해 사내를 쳐다보는 사람은 아무도 없었다.

창밖을 보았다. 거리에는 바람이 불고 있었다. 은행나무 가로수 잎들이 황금 동전처럼 흩날렸다. 카페 창문에 달린 커튼도 황금색이었다. 주황빛 조명을 받은 황금빛 커튼도 조각조각 부서지며 황금빛 동전들과 섞여 흩날리는 것으로 보였다. 진우가 카운터로 다가가 뜨거운 물 한 잔을 얻어왔다. 두 손으로 머그잔을 감싸 안았다. 뜨거운 기운이 작은 손난로를 안은 것같이 손바닥 전체로 퍼져나갔다.

벽시계는 열두시 반을 건너는 중이었다. 아침부터 흐렸던 거리에 눈이 내리고 있었다. 실내 스피커에서 노래가 흘러나왔다. 맹인 테너가수 '안드레아 보첼리'의 '러브 인 포르토피노(love in portofino)', 짙은 우수에 젖은 가수와 유량한 관악기의 음색은 진우가 대학시절 참여했던 연극 무대 나팔소리와 함께 추억을 건너갔다. 트럼펫 연주자는 테너가수 노래 뒤를 잘 받쳐주었다. 카페의 주황 불빛 아래로 노래가 흘러나오는 광경이 지중해 밤 항구 풍경을 배경으로 찍은 한 편의 영화를 감상하는 듯했다. 상상 속에서 연인들은 서로 몸을 가까이 밀착시키며 밤부두를 휘돌아 다녔다.

진우는 카페를 나오며 다시 사슴 그림을 보았다. 아직도 그의 머리 속에는 조금 전 사슴 사냥을 하던 시베리아의 잔상이 남아 있었다. 벽에 걸린 수사슴이 큰 입을 벌리며 웃었다. 거리에는 함박눈이 쏟아져 내렸다. 사람들은 모두 우산을 쓰고 걸어갔다. 아침에 집을 나올 때는 눈이 많이 올 기미가 보이지 않았다. 파카 깃을 올린 다음 등을 구부정하게 한 채 식당 쪽으로 걸어갔다. 짙은 눈발 속에서 '부대찌개' 간판 글씨가 구도심의 재개발구역 골목 안에 서있는 가로등 불빛같이 희미하게 보였다. 30대 식당 여주인이 김치찌개가 좋은데 혹시 주문하겠냐고 물어왔다. 주인이 추천한 김치찌개는 산뜻했다. 김치가 잘 익었고 비계의 매운맛도 적당했다.

*

　진우가 점심을 먹고 카페로 돌아왔을 때였다. 노트북을 열고 원고를 쳐나가는데 여주인이 옆으로 다가왔다. 그녀가 눈웃음을 치며 자신이 없었을 때 카페에 아무 일 없었는지 물어왔다. 진우가 얼떨결에 없는 것 같다고 하자, 그녀가 아메리카노 한 잔을 탁자 위에 올려놓았다.

　내가 직접 제조했으니 한번 맛보세요.

　진우가 얼떨결에 일어나 고맙다고 인사했다. 그녀는 신용보증 회사 이름이 인쇄된 진우 파일을 흘끔흘끔 바라보며 물어왔다. 어머, 글 쓰네요? 비슷해요, 그가 건성으로 대답하자, 그녀가 웃으며, 나는 쓰지는 않지만 읽는 것은 좋아해요, 했다. 갑자기 카페 여주인이 혹시 일하는데 방해가 되지 않나요? 하며, 양해부터 구해왔다. 자기가 당한 일이 창피하고 억울해 자문을 받고 싶다는 이야기였다. 그는 당황했다. 그날 등기소 방문과 시내 출장을 핑계로 카페에서 마감일 지난 원고를 정리하던 참이었다. 물론 지금 그가 나가는 직장이 그녀의 사건과 비슷한 업무를 다루고는 있었고, 커피 얻어먹은 값은 해야 될 것 같아 그녀 이야기를 듣는 체했다. 그녀가 말을 꺼냈다.

여고 동창의 소개로 '러시아에서 순도 높은 다이아몬드 채굴사업'을 한다는 사람에게 돈을 빌려주었다. 그런데 돌려주지 않는다. 남자는 '러시아산 다이아몬드 유통사업'까지 겸하는 사람이다. 그런데 그는 이제 와서 돈을 차용한 것이 아니라 투자를 받은 것이라며 오리발을 내민다. 남자는 사업이 현재 진행 중이고 아직 성과가 나지 않아 이익 배당을 할 수 없을 뿐이니, 기다려 달라는 내용이다.

진우가 짐작할 때 여주인은 전형적인 '러시아 지하자원 투자사기'에 걸려든 것 같았다. 작년에 진우가 러시아 여행을 다녀온 적이 있었다. '정신세계 관련 연구단체'인 〈봉우(鳳宇)사상연구소〉에서 주관하는 세미나였는데, 행사를 주관하는 단체의 정선배가 권유해 여름휴가를 가는 심정으로 따라나섰던 것이다. 세미나는 카이스트 연구원, S대학병원 정신과 이정우 교수, 한국과 러시아 국립지질자원연구소 연구원들이 진행했고, 나머지는 정신세계 관련 연구단체 회원들 중 희망하는 사람들이 참여했다. 먼저 행사를 주관한 측과 바이칼호수 단체관광을 한 다음, 러시아 군수산업도시인 이르쿠츠크 시로 건너갔다. 회의는 '러시아 국립지질자원연구소'의 강당 회의실에서 진행했다. 회의 전에 러시아지질자원연구소 직원의 안내를 받아 '국립지질연구소 직할 전시관'을 볼 수 있는 좋은 기회였다. 전시관 입구에는 거대한 시베리아 순록 박제가 참석자들을 맞고 있었다. 전시관 곳곳에 순록 박제와 시베리아 배경을 그린 풍경화들이 걸려 있었고, 북 카페에 걸려 있는 수사슴처럼 사람들을 검은 눈으로 내려다보았다.

회원들은 러시아 지질연구소 연구원으로부터 석탄과 다이아몬드 채굴 과정에 대한 설명을 들었다. 연구원은 시베리아에서 광석을 채굴하려면 영하 40도에서 70도까지 내려가는 극한 온도를 견뎌야 하는 힘든 채굴 과정이라 했다. 그는 시베리아 지하에는 매장량을 추정할 수 없는 많은 자원이 매장되어 있지만, 극한의 기후조건 때문에 일 년에 몇 달 정도밖에 작업을 할 수 없는 실정이라 했다.

결론은 질 좋은 광석의 선별작업에 신경 쓸 여유가 없다는 이야기였다. 대전에 있는 한국지질자원연구소 선임연구원 이정수 박사도 이런 시베리아 현지 사정을 모르는 일반인들이 사기를 당하는 일이 많다고 했다. 이 박사도 사기꾼들의 감언이설에 속아 '러시아 자원과 관련된 사기 사건'이 잊혀질만하면 발생한다며 코멘트 했다. 그가 한 말이 기억난다.

지하자원 관련 사기는 순식간에 당한다. 사기꾼들은 노트북에 칼라로 제작한 파일을 저장해 들고 다니며 데모(브리핑)한다. '러시아에서 질 좋은 석탄'이나, '질 좋은 다이아몬드 광산을 개발'한다는 고수익 사업 내용이다. 포장된 것 내용만 보면 언뜻 수익성이 높은 사업으로 보이지만, 과거부터 지하자원 빙자 사기꾼들이 수없이 써먹어왔던 레퍼토리다. 사기꾼들은 투자하면 고액 배당을 보장한다며 투자자를 모집한다. 사업 초기에는 주변 사람이나 친지들 중에 모집한다. 투자라는 말이 먹히지 않는 사람에게는 빌려 달라는 수법도 쓴다. 초기에는 고액 배당을 한다. 시간이 가면서 점점 배당을 거르다가, 갑이 투자한 돈을 인출해 을에게 배당한다. 끝내는 원금까지 떼어먹고 연락을 끊는 수법이다.

진우가 러시아에서 들었던 사례를 그녀에게 설명해 주자, 그녀가 입을 딱 벌리며 손바닥으로 가렸다.

어쩜, 내가 당한 사기 수법과 똑같아요?

그러면서 함께 나가자고 했다. 뭐 좀 먹자며 막무가내로 그의 팔을 잡아끌었다. 그녀의 완강한 권유에 머리가 아파왔지만, 원고 진도도 나가지 않던 차에 포기하고 끌려 내려갔다. 그녀는 진우가 밥을 먹었다는 말을 해서 그랬는지, 푸드 코너에서 샌드위치를 먹자고 했다. 진우는 샌드위치 생각은 없고 차를 마시겠다고 했다. 여주인의 먹성은 정말 좋았다. 오이 샌드위치를 두 손으로 움켜잡은 채 씹는 소리가 요란했다. 그가 쳐다보자, 얼른 한 손으로 입을 가리며 먹는데도 여전히 씹는 소리가 들려왔다.

제가 때를 놓치면 이렇게 게걸스럽게 먹어요. 창피해요.

그도 마찬가지라고 하자, 그녀는 오이 조각이 낀 잇몸을 드러내며 우린 서로 비슷한 체질 같네요, 하며 크게 웃었다. 그러면서 자신은 동창으로부터 높은 이자를 준다는 꼬임에 넘어가 이렇게 되었다. 처음부터 그쪽에게 자문을 받았으면 이렇게까지 당하지 않았을 텐데 아쉽다고 했다. 진우는 시간도 뺏기고 차츰 짜증이 나기 시작했다. 그녀 말을 받아쳤다.

사장님이 제게 자문을 받았다 하더라도, 이미 동창 꼬임에 반쯤 넘어간 상태였기 때문에 아마 제 의견보다 동창을 더 신뢰했을 겁니다.

진우가 퉁명스럽게 그녀 말을 받자, 갑자기 그녀가 정색했다. 눈을 크게 뜨며 자기를 그런 멍청한 사람으로 보느냐고 물었다. 다시 한 번 말해 보라며 다그쳤다. 웃음이 나왔지만, 그렇다고 웃을 수도 없었다. 그녀가 너무 진지하게 나왔기 때문이었다. 그녀가 미간을 찡그리며 말했다.

내가 왜 그런 이상한 사슴을 그려 걸어놓은 줄 아세요? 얼마나 스트레스를 받았으면 그런 상상 그림을 그렸겠어요?

그녀는 식탁 위에 놓여 있던 휴지를 뽑아 눈을 꾹꾹 눌렀다. 그가 얼른 농담이라며 기분 나쁘게 생각하지 말라고 사과했다. 그녀는 오전에 외출했을 때 여고 동창과 한바탕하고 왔다는 말까지 했다. 내가 그 돈을 어떻게 모은 돈인데, 그것들에게 갖다

바쳤다며 더 울었다. 진우는 우는 그녀를 그대로 둘 수밖에 없었다. 공연히 남의 일에 끼여든 것에 후회가 밀려왔다. 휴지를 몇 장 더 뽑아 건네주었다. 그녀는 휴지를 받아들고는 훌쩍거리며 코까지 풀었다. 옆 좌석 손님들은 진우를 이상한 눈초리로 바라보는 눈치였다. 그녀가 우는 원인이 마치 진우 때문이라도 되는 듯 그를 아예 사기꾼으로 단정하고 심하게 째려보는 사람도 있었다.

분위기도 바꿔 볼 겸, 사기당한 돈의 자원이 어떤 돈이냐고 물었다.

제가 직장 다니며 안 쓰고 뼈 빠지게 저축한 돈과, 일부 신용대출 받은 돈이에요. 사실은 제 결혼자금이었어요. 결국 결혼도 어긋나고, 창피해 직장도 나왔고요. 이것저것 알아보다가 아는 사람 소개로 북 카페를 해보자고 마음을 다잡았어요. 카페 보증금으로 먼저 일억을 냈고, 오천을 사기꾼에게 준 거예요.

부동산에서 처음에는 보증금은 적게 내고 월세로 많이 달라더니, 계약 한 달 전에 보증금을 더 올려 달라 했다는 것이다. 대신 월세는 줄여준다고 했다. 헌 건물이지만 임대 면적이 넓기 때문에 들어오겠다는 사람은 얼마든지 있다는 것이었다. 건물주 입장에서는 당연히 임대할 때 필요한 조건을 내걸며 계약한다. 카페 여주인은 동창이 말한 좋은 투자건도 있어, 먼저 보증금으로 일억만 주고 나머지 오천은 일 년 뒤에 주기로 계약하고 그 돈을 동창에게 건네주었다는 것이다.

진우가 거들었다. 사장님은 처음에 카페 임대 계약을 유리하게 잘 했지만, 내줘야 할 보증금은 안전한 은행 같은 기관에 맡겨 잘 관리했어야 했다. 사기꾼 유혹에 넘어가지 않았다면 은행에 맡긴 기간 동안 이자 수입을 얻었을 것이다. 금융 용어로 '기한의 이익'을 얻을 기회를 잃어버린 것이라 해주었다. 잠자코 듣고 있던 그녀가 낮은 목소리로 물어왔다.

혹시 지금이라도 돈을 돌려받을 방법은 없을까요?

처음 돈을 빌려줄 때 그 남자 소유건물에 근저당 설정이나 현금 보관 영수증을 받아두었나요? 그랬다면 형사나 민사로 고소해 볼 수 있을 텐데요.

그녀가 말했다. 동창이 그 남자를 소개했기 때문에 영수증은 동창에게서 받았다. 돈은 동창이 그 남자에게 건넸다. 동창도 같은 금액을 그 남자에게 영수증 없이 주었다. 진우가 보기에 그녀들의 돈 전달 방식은 무슨 이유인지 몰라도 이상했다. 그녀가 사기꾼 남자에게 돈을 빌려주었다는 말이 맞는다면, 동창에게 돈을 준 다음이라도 그 남자에게서 차용증을 받아두거나, 그의 재산에 근저당을 설정하는 등 채권 확보를 해두었어야 했다.

진우는 골치가 아파왔다. 그의 업무가 신용보증회사의 채권 조사업무라서 그쪽 분야는 전문적으로 알고 있지만, 카페사장 사건은 수사관이나 흥신소 탐정이 처리하는 일반 사기사건으로 벌린 일이 틀어져 채권을 회수하는 일이었다. 경찰서 민원실에 가서 상담해 보라고 하자, 그녀는 벌써 상담하고 왔다는 것이다. 법무사 사무실에서 고소장을 만들어 경찰서에 제출했다고도 했다. 그런데 그 남자는 재산이 하나도 없고, 돈을 빌린 것이 아니라 투자받은 것이라 주장했다는 것이다.

그 건 관련해 피해자가 많은가요?

그녀는 말을 꺼내기 전에 한숨부터 길게 내쉬었다.

확실히 모르지만 오십 명은 넘어요.

옆에서 훌쩍거리던 그녀가, 이제 카페 보증금을 못 주니 신용이 떨어져 가게에서 쫓겨나게 되었어요. 하며 글썽였다.

돈 구할 데를 한 번 알아보세요. 아니면 부모님과 상의해 보세요.

이 나이에 그런 짓은 못하지요.

그녀는 말을 끝내더니 탁자에 털썩 엎어졌다. 해줄 말이 생각나지 않았다. 어색한 분위기를 떨쳐내기 위해 창밖을 보았다. 거리의 눈발은 조금도 줄어들지 않았다. 사람들은 컬러풀한 우산을 쓴 채 눈발 속으로 잠겨들었다. 아득했다. 눈발 속에 가려져 걷는 사람들은 언제까지라도 함께 걸어갈 것으로 보였다.

그녀에게 건물주와 해결하고 가야 할 문제점들을 종이에 정리해 주었다. 사적 임대차계약과 관련해 벌어지는 일들은 임차인 혼자 결정할 수 있는 일이 아니었다. 계약 상대방이 있는 사항이므로 건물주와 협상해 처리할 수밖에 없었다. 대부분 사기당한 사람은 자신이 잘못 결정해 발생한 손해만 생각하기 때문에 합리적인 판단력을 상실하곤 했다. 그녀는 건물주와 상의해 부탁해 보겠다고 했다. 그러더니 신뢰하는 눈빛으로 그에게 물어왔다.

건물주에게 보증금 건으로 상의할 때, 혹시 함께 참석해 줄 수 있나요?

제 생각에 사장님이 여자니까 여자가 남자에게 부탁을 할 때는, 단 두 사람이 하는 것이 더 부드럽지 않을까요?

갑자기 그녀가 커다랗게 웃었다. 건물주가 여자라는 것이었다. 오해하지 말라고 했다. 그쪽이 사기꾼 같지 않아 부탁하는 것이라며 사촌으로 소개한다고 했다. 진우는 빠져나갈 궁리를 생각해 보았지만, 뾰족한 수가 떠오르지 않았다. 할 수 없이 자리를 피하기 위해 동의하고 나왔다.

*

    그녀와 약속한 날이 다가왔다. 카페 여주인이 건물주와 만나는데 동석해 주기로 약속했던 그날이었다. 아침부터 진우는 뒤가 마려운 강아지같이 마음이 집중되지 못하고 안절부절못했다. 오전 10시 반이 넘어 출장을 달고 회사 근처 북 카페로 나갔다. 카페주인이 그를 보더니 황급히 다가왔다. 방금 건물주로부터 전화가 왔다고 했다.

    건물주가 우리카페에서 만나자고 하는데, 손님들이 그런 내용을 알아 좋을 것이 하나도 없을 것 같아 건너편 커피숍으로 약속 잡았어요.

    여기 당당한 사슴 그림이 버티고 있는데 이 카페에서 만나지 그래요?

    그녀가 정색했다. 사슴은 신성한 존재라며 부정 탄다고, 농담이라도 그딴 말은 하지 말라고 했다. 빨리 내려가자는 것이었다. 순간, 여주인이 사슴 그림 앞으로 다가갔다. 진우는 어린아이가 의례 그렇듯 여주인이 그림 앞에서 엉뚱하게 해찰을 하는 줄 알았다. 아니었다. 그녀는 수사슴 그림 앞에서 두 손을 모아 기도하듯 진지하게 절하고 있었다. 그녀에게 물었다.

왜 사슴에게 절 하세요?

수사슴에게서 기운과 염력을 받는 거예요.

그녀는 산에서 수련하는 도인들이, 작은곰자리별에 있는 북극성의 자미원紫微垣 방향으로 기도하는 것같이 사슴 그림을 향해 절하고 있었다. 정말 그녀말대로 수사슴으로부터 기운을 받으려고 그러는지 모르겠지만, 나름 진지해 보였다. 진우는 문득 그녀가 정성으로 절하는 사슴 그림이 바로 강인했던 전 남자를 못 잊어 그려놓은 이미지라는 생각이 들었다. 바로 수사슴 그림이 그 전 남자의 당당한 모습이었던 것이다. 두 사람이 비록 멀리 떨어져 있지만, 남자는 지금까지도 사슴 그림으로 남아 그녀와 교감하고 있었다.

30여 미터쯤 걸었을까? 그녀가 약속을 잡았다는 커피숍이 눈에 들어왔다. 카페 문을 열고 들어가니 천장에서 '이베뜨 지르'의 샹송 'I love paris'가 흘러나왔다. 참새라 불리는 그녀 별명에 어울리듯 샹송은 진우 가슴 앞으로 파동을 전해왔다. 그 노래는 재작년에 진우가 파리 뒷골목 카페에서 들었던 그 노래였다. 아련했다. 파리 여행 때, 거리를 잘못 찾아 헤매다가 우연히 발견하고 들어갔던 그 장소에 다시 들어선 것 같았다. 그때처럼, 동일한 장소처럼, 이상한 기시감까지 몰려왔다. 카페 여주인이 커피 점 안으로 들어가 사방을 두리번거렸다. 그때 구석에서 잿빛 코트를 입은 여자가 자리에 앉은 채 이쪽을 향해 손을 흔들었다. 카페 여주인이 황급히 그쪽으로 다가가 머리를 숙였다.

제가 찾아가서 말씀드려야 하는데, 이렇게 오시게 해서 죄송합니다.

어, 그러지 말아요. 근처에 약속이 있어 겸사겸사 들린 거예요.

진우가 건물주의 얼굴을 보았다. 놀라웠다. 카페 여주인은 건물주가 여자라 했는데 여자다운 티가 하나도 나지 않았다. 체격도 남자 체격이었다. 산에서 나무를 해다가 숯을 구워 소도시에 팔러 다니는 땔나무꾼같이 얼굴빛이 검은빛이었다. 턱도 튼튼해 보였다. 꼭 남자 막일꾼 상이었고, 북 카페 중앙에 당당하게 버티고 선 턱 큰 수사슴같이 보였다. 여주인은 다 죽어가는 소리로 운을 띄웠다.

사장님께 전화로 말씀드렸지만, 제가 보증금을 사기 당하고 면목 없습니다. 당장 보증금을 내라면 솔직히 거리로 나앉아야 할 형편입니다. 봐주시면 은혜 잊지 않겠습니다. 그래서 사촌오빠와 함께 왔습니다.

건물주는 가만히 듣고 있다가 놀랍게도 침착하게 말을 꺼냈다.

우선 이집 차 맛이 어떤지 한 번 맛봅시다. 하하하.

카페사장이 화들짝 놀라는 시늉을 하며 벌떡 일어났다. 카운터 쪽을 향해 차를 내오라며 손짓을 했다. 그녀는 아마 건물주에게 대접할 차를 미리 준비시켜 둔 것 같았다. 커피숍 주인이 차를 내오며 이 차는 몸에 좋은 차입니다, 하며 소개했다. 건물주는 가져온 차를 입에 한 모금 물고는 맛을 음미하며 말했다.

차에 좋은 기운이 가득 들어 있는 것 같아요, 혹시 버섯 차 종류인가요?

사장님, 바로 맞추셨습니다. 차가버섯차입니다. 사장님 차 안목이 무척 높으시네요.

어쩜 그렇지, 아마 시베리아 자작나무에서 채취한 차가버섯 종류겠지요?

다시 건물주가 물어오자, 카페 여주인은 마치 전 남자친구가 회개하고 자신에게 되돌아오기라도 한 듯 감격하는 모습이었다. 얼굴까지 벌게졌다. 그러면서 기어들어가는 목소리로 건물주에게, 예 맞습니다, 하며 존경하는 우상을 만나기라도 한 듯 체격 좋은 건물주를 올려다보았다. 진우도 남자상에 흙빛 얼굴인 건물주의 안목에 무척 놀랐다. 어떻게 차를 한 모금 머금어보고 바로 차 이름을 맞추는지가 신기했다. 얼굴은 상 땔 나무꾼으로 생겼어도 미각이 뛰어난 사람으로 보였다. 건물주가 웃으며 말했다.

나는 차에 관심이 많아요. 여러 나라를 다니며 취미로 그 지역 차 맛을 음미하며 여행 다닙니다.

진우는 바로 이때가 자신이 거들어야 할 기회다 싶었다. 끼어들었다.

사장님, 동생에게 말씀 많이 들었습니다. 사장님 차 안목이 무척 깊으신데, 혹시 세계를 다니며 글 쓰시는 여행 작가가 아니십니까?

내가 그런 문화인으로 보입니까? 칭찬으로 듣겠습니다. 사실 나는 기행문 같은 팩트보다 소설을 더 좋아합니다. 작가는 상상력으로 소설을 쓰지 않습니까? 하하하.

건물주는 즐거운 표정이었다. 놀란 진우가 웃는 건물주 얼굴을 다시 쳐다보았다. 갑자기 검은 얼굴의 남자상인 그녀 얼굴이 죽은 홍콩배우 장꾸어룽(張國榮, 장 국영) 비슷한 미남으로 보였다. 또, 그녀가 북 카페에 걸려 있는 수사슴 그림 탈을 쓰고 앉아있는 도인으로, 사슴 그림 탈을 쓴 독심술을 하는 노련한 고수로도 보였다. 그녀는 상대방의 마음을 꿰고 있으면서 속은 감추고 내색하지 않는 사람이었다. 역시 세상에는 사람을 휘어잡는 고수가 따로 있었다. 진우는 점점 자리에 앉아 있기가 민망해지고 온몸이 들썩거렸다. 카페 여주인으로부터 건물 보증금 문제를 거들어달라고 부탁받고, 자기 주제도 모르고 따라온 자리였다. 억지로 끌려나왔는데, 건물주와의 대화에 말려

드는 기분이 드는 것이었다. 곧바로 건물주에게 고개 숙였다.

제가 사장님 안목을 따라갈 수 있겠습니까? 죄송합니다.

건물주는 목을 뒤로 젖히고 크게 웃었다.

오늘 이 자리는 문화인들이 회합하는 모임 같네요. 하하하. 즐거웠습니다. 어, 이사장이 부탁한 그 문제, 두고 생각해 봅시다. 내가 죽어가는 사람 목 비틀어 명도 쳐(명도소송) 받아낼 사람은 아니잖아요? 그럼 오늘은 내가 점심 약속이 있어 이만 가고, 다음에 함께 차 한 잔 나눕시다. 연락 주세요.

건물주는 커다랗게 웃으며 나갔다. 건물주는 카페에 걸려 있는 그림 속 수사슴으로, 눈 내리는 시베리아 자작나무 숲속의 수사슴으로, 성큼성큼 걸어 나갔다. 카페 여주인도 황급히 일어나 뒤따라 나갔다. 얼떨결에 진우도 일어섰다. 문 밖에는 함박눈이 쏟아져 내렸고, 폭설 경보라도 발령된 듯했다. 건물주는 순식간에 눈발 속에 가려져 보이지 않았다.

건물주는 쿨 했지만, 카페 여주인에게 보증금 건에 대해 어떤 언질을 준 것이 아니었다. 그녀 의도는 얼마 동안 보증금 독촉을 하지 않겠다는 것뿐이었다. 그녀는 상대방의 감정을 상하지 않게 하면서 매끄럽게 빠져나갔다. 그런데 건물주의 화술은 마치 상대방에게 배려를 해주는 것으로 들려왔다. 그녀 의도는 임차인이 알아서 잘 해결해 달라는 뜻일 뿐이었는데도.

그런데 건물주는 통상의 건물주와 달라보였다. 지금 그가 나가는 월 회비 2만 원짜리 변두리 헬스클럽에서 실제 일어난 사건이 있었다. 회원 중에 아들이 교통사고로 죽은 회원이 오히려 가해자로 몰려 소송에 휘말렸다. 그 회원의 소송 건에 대해, 회원들이 안쓰러워 자발적으로 변호사비라도 일부 도와주자며 모금을 시작했다. 그런데 헬스클럽에 나오는 돈 많은 건물주가 있었다. 그 건물주는 헬스장에 나오면 자기는 상가와 건물을 수십 개 갖고 있다, 이번에 몇 개 더 샀다는 등 자랑을 하지 않으면 입이 근질거려 참지 못하는 사람이었다. 헬스장에 오기만 하면 시설이 낡고 구식이라 촌스럽다는 평을 입에 달고 있으면서도 한 달에 한두 번은 꼭 나왔다.

나는 이곳 옛날 헬스 기구가 손에 익어. 아주 편해. 손에서 잘 놓아, 여기 올 때는 가끔 본마누라 집에 가는 것같이 편해. 헤헤헤.

그 건물주는 대형 아파트 복층에 살면서 2층에는 파고라(실내 온실)까지 설치해 놓았다고 했다. 그러면서 자신이 옛날에 살았던 동네라며 굳이 못사는 변두리 동네까지 와서 한바탕 자랑을 퍼지게 늘어놓고 회원들 기를 죽이고 가는 사람이었다. 수억 원짜리 이태리 고급 외제차를 타고 내기 골프에 몇백만 원을 쓰고 다닌다면서도, 끝내 모금에 참여하지 않았다. 어려운 회원들이 모두 형편에 따라 십시일반으로 몇 만 원씩 모금에 참여하는데도 그는 끝내 외면하고 변명했다.

나는 다른 사람 송사에는 일절 관여하지 않아, 그게 내 소신이야. 알아?

건물주는 단돈 십 원도 못 낸다며 도망갔다. 젊은 회원 두 사람이 도망가는 그를 20여 미터쯤 따라가 불러 세웠다. 젊은 회원이, 사장님께서 가장 여유가 있으니 불쌍한 사람 한 번만 도와주세요, 하며 사정했어도, 그는 단 일전도 못 낸다며 뿌리치고 줄행랑친 사람이었다.

수사슴을 닮은 건물주는 야박하게 처신하지 않았다. 카페 여주인의 입장에서는 이제 숨 돌릴 여유를 얻은 셈이었다. 그녀 얼굴에 화색이 돌아왔다. 커피숍으로 들어가기 전까지는 초조한 기색이었는데 지금은 얼굴이 환해졌다. 그녀가 북 카페를 나오기 전, 부적처럼 걸려 있는 수사슴 그림에 정성들여 기도한 효과였는지도 몰랐다. 그녀가 가방을 내려 우산을 꺼냈다. 진우에게 우산을 들어 달라며 핸드백에서 스카프를 꺼내 머리에 둘렀다. 그리고는 친한 사이라도 되듯 어깨를 바짝 붙여오며 그에게 우산을 넘겼다.

그는 떨어지려 했지만, 눈이 쏟아지고 우산을 들고 있었기 때문에 뿌리칠 수도 없었다. 눈은 더 쏟아져 내렸다.

눈은 건물과 건물들, 사람과 사람들의 간격을 좁혀 주려는 듯 쏟아졌다. 그런데 그녀가 북 카페로 가는 방향이 아니라 옆

길로 방향을 트는 것이 아닌가. 그녀는 눈길을 더 걷고 싶다고 했다. 한 바퀴 돌아 들어가자는 것이었다. 함박눈이 마음을 적신다고 했다. 그는 반벙어리가 되어 아무 말도 못한 채 끌려갔다. 그녀가 콧소리로 물어왔다.

돌아서 들어가는데 괜찮겠지요?

그녀는 진우에게 묻는다기보다는 자신에게 질문하고 답변을 기다리는 것으로 보였다. 그녀가 내는 콧소리는 눈송이 속으로 빨려 들어 젖어갔다. 그런데 그녀가 낸 콧소리는 전에 들어본 사람의 목소리와 닮아 있었다. 8개월 전에 직장 선배가 소개해 주어서 선을 보았던 여자 목소리를 빼닮았다. 선본 여자의 부모는 수도권에 큰 토지를 갖고 있는 지주라 했다. 그녀 부모는 직장 선배를 통해 만나보자며 약속을 잡고, 선 본 그날 서른 중반을 넘기기 전에 바로 날짜를 잡자고 했다. 그녀 부모가 급박하게 서둘렀지만, 그는 하숙생 신세였고 전세거리는 물론 무일푼 신세였다. 돈은 둘째 치고 결혼하려는 마음 준비가 전혀 되어 있지 않았다. 무엇보다 한 여자의 일생을 책임져야 한다고 생각하니 덜컥 겁이 났던 것이다. 결국, 그녀와는 인연이 없었다.

카페 여주인이 중얼거리는 콧소리는 한껏 가벼워져 흩날렸다. 그녀의 콧소리는 눈 속으로 섞여지며 거리를 떠돌았다. 그녀를 한 번 쳐다보자, 그녀도 그를 쳐다보며 웃었다. 그녀의 표정은 방금 그들이 건너온 도시에서 치열하게 벌어졌던 시가전을 빠져나온 여전사라도 되는 듯 들떠 있었다. 그녀는 어떤 난관을 빠져나와야 마음이 풀어진다고 했다. 해방감, 그렇다. 해방감이었다. 해방감이야말로 원래 그녀 내면에 들어 있던 본성일지도 몰랐다. 골목길을 나와 눈발 가득 쏟아지는 거리 속으로 들어갔다.

순간, 진우 눈앞에 눈발 속에서 시베리아 자작나무 숲속으로 씩씩하게 걸어갔던 수사슴을 닮은 건물주가 보였다. 또, 그녀 카페에 부적으로 걸려 있는 뿔이 비대칭적으로 크고, 턱이 이마보다 넓은 시베리아 수사슴도 보였다. 수사슴과 그녀는 아마 동기감응同氣感應하는 것 같았다. 두 존재는 샌드위치의 양날개인 두툼한 빵이었고, 그는 그 날개 사이에 낀 삭은 오이처럼 줏대 없이 이리저리 끌려 다니는, 어떤 역할을 못하고 이 세계에 없어도 되는, 한심한 존재일 뿐이었다. 눈발은 점점 더 굵어져갔다.

손바닥의 말

그는 듣지 못한다고 했다. 전혀 듣지 못한다면서도 어눌한 목소리로 말은 했다. 인호가 처음 그를 도서관에서 만났을 때, 먼저 그가 떠듬거리며 말을 걸어왔다. 그의 발음은 갈라지고 중간에 끊김 현상이 자주 있어 잘 듣지 않으면 알아듣기 어려웠다. 처음에는 그의 발음이 하도 이상해 혹시 그가 건강에 문제가 있거나, 중병을 앓아 그런지 모른다고 지레 짐작했다. 나중에 그는 다섯 살 때 장티푸스를 심하게 앓아 귀의 달팽이관이 손상되어 청력을 잃었다고 실토했다. 그러고 나서 어렸을 때 구사했던 말의 아련한 기억을 되살려, 사람들의 입모습을 보며 말하는 법을 배웠다고 씩 웃었다.

인호는 사람의 말이 어떻게 그에게 전달될 수 있는지가 무척 궁금했다. 계속 그가 툭툭 끊기는 목소리로 말을 걸어와 그에게 한 번 물어보았다. 인호가 질문하면 그는 듣지 못한다면서 손바닥을 인호 앞으로 쓱 내밀었다. 처음에 그가 인호 앞으로 손바닥을 내밀었을 때 인호는 뜨악해져 어떻게 해야 할지 망설였다. 남의 손바닥에 말을 쓴다는 것 자체가 어색했고, 커다랗고 두터운 손바닥을 보니 조금 위축되기도 했기 때문이었다. 도리 없이 시키는 대로 그의 손바닥에 글씨를 써보았다. 그의 손바닥은 살집이 두터운 데다, 땀으로 축축해져 있어 젖은 종이에 글씨를 쓰는 것같이 잘 써지지 않았다. 인호가 손에 쓰기를 주저하자 그는 다시 손을 내밀며 어눌하게 말했다.

당신 말끝까지 손바닥에 적어줍니다.

정말 그가 듣지 못한다면 애써 들으려 하는 말은 어떤 의미가 있을까? 인호는 그의 손바닥에 말을 써보고 나서야 알았다. 손바닥을 적시는 축축한 땀은 그가 말하지 못하는 말이었다. 또, 그의 땀은 장애를 극복하며 살아가기 위해 흘리는 고통의 말이었다. 그는 어색한 발음으로 말을 했지만, 일단 말을 시작하면 나름 조리 있게 했다. 말할 때는 주로 문어체를 사용했다. 말을 가만히 듣고 있으면 모든 말을 외워서 한다는 인상을 강하게 받았다. 인호가 도서관 저녁 근무 타임이 시작되기 전에 지하 구내식당에서 라면과 공깃밥을 먹고 있을 때였다. 옆자리에 앉아 비빔밥을 먹던 그가 머뭇거리며 말을 걸어왔다. 도서관에서 인호를 자주 마주치다 보니 아마 도서관 직원으로 짐작한 모양이었다. 이상한 어투로 말을 걸어왔다.

지금 하는 일, 무슨 일한다?

도서관에서 임시직으로 일해요.

그는 인호가 손바닥에 적어준 말을 보고 나서, 마치 미리 외워두었던 말을 끄집어내듯 이야기하기 시작했다. 요즘 먹고 살기 힘들다? 도서관 이야기 나와서 하는 말이다. 나는 젊었을 때 시나리오 작가가 꿈이었다. 습작도 노트로 여러 권이나 했다. 그런데 아무리 노력해도 결과 없었다. 포기할까 많이 고민하다가 자신의 적성에 맞지 않는 것으로 생각하고 그만두었다며 소리 내지 않고 웃었다.

　다음에 그를 도서관에서 만났을 때도 전에 해주었던 이야기를 다시 이어갔다. 자신은 고교를 졸업한 다음 먹고 살기 위해 야채상부터 시작해 고물상까지 안 해본 장사가 없다고 했다. 돈을 제법 모았었다고 했다. 그러다가 서른둘에 고향 선배가 하는 골재 채취사업에 일부 지분으로 참여해 함께 꾸려나갔다. 한창 건설경기가 좋을 때 돈을 잘 벌었다. 문제는 번 돈을 건축사업에 재투자했다가 경기가 좋지 않을 때 사기를 당했다는 것이다. 최초에 사기를 친 친구가 달아난 뒤 연쇄부도를 맞았고, 중간에 낀 그도 사기죄로 피소되어 몇 달간 구치소 생활을 했다. 당시 받은 충격으로 정신요양원에 들어갔고, 요양원에 부설된 신학교에 입학했다며 이야기를 이어갔다.

　중·고등학교를 특수학교와 일반학교를 전전한 그는 신학교 교과과정을 따라가기 어려워 휴일에도 도서관에 나와 공부한다고 했다. 물론 나중에 그는 전도사 자격을 취득했다. 그의 인생이 험난하고 굴곡이 많아 보였지만, 자기 말마따나 그리 실패한 인생은 아니라고 했다. 그런 식으로 인호는 그와 안면을 트고 지냈다.

　그에게서 문자가 왔다. 인호가 믹스커피를 들고 복도 정수기 앞으로 다가갈 때였다. 한번 면회를 오겠다는 내용이었다.

먼저 문자를 하는 측은 언제나 그였다. 그는 세상 돌아가는 이치에 대해서 문리가 터 있었고, 인호보다 한참이 위였다. 그러면서 인호 바로 옆에서 말하듯 문자를 보내곤 했다.

당신은 먹먹하다. 멀리 있다. 손닿을 수 없는 거리다.

인호는 그에게서 문자를 받을 때마다, 늘 그는 누군가가 자신에게 다가와 두터운 손바닥에 무슨 말이든 써주기를 기다리는 것 같았다. 들을 수 없기 때문에 늘 허기져 아무 소식이라도 기다리지 않으면 견디지 못한다는 생각이 들었다. 그런데 인호는 이유를 명확히 댈 수 없지만, 듣지 못하는 그에게 가까이 다가가지 못하고 일정한 거리를 유지하며 지냈다. 아마 수없이 미끄러진 취업 스트레스 때문에 여유가 없어서였는지도 몰랐다.

인호가 믹스커피 탄 것을 들고 복도에서 먼 산을 보았다. 순간 바람이 불어와 허공을 응시하는 눈의 물기를 말렸다. 그의 말대로 누구든 멀리 떨어져 있으면, 안개에 덮여 뿌연해지면, 그 속으로 파묻혀 그리움을 더 찾게 되는지도 몰랐다. 인호는 몇 번 그와 만나다가 형과 동생으로 부르기로 했다.

그가 도서관으로 인호를 찾아왔다. 얼굴이 전보다 밝아져 있었다. 옛날 생각이 나서 지나가다 한 번 들렀다고 했다. 그 말을 하고 나서 자신의 말이 싱겁다고 느꼈는지 계면쩍게 웃었다. 그러면서 도서관에서 공부할 때, 인호가 격려해 주어 도움이 많이 되었다며 공치사까지 했다. 사실 인호는 그 형이 슬럼 프에 빠져 공부에 자신 없다고 했을 때, 몇 번 이야기를 들어준 것뿐이었다. 여러 장애인들의 사례를 들어가며 노력하면 성공하지 않겠냐며 거들었던 것이었다. 그때부터 듣지 못하는 그 형과 나이 차이는 있지만 서로 문자를 나누는 사이가 되었다. 일요일 아침에 형이 문자를 보내왔다.

휴일에 산책 어때? 취업 공부만 하면 건강 안 좋다. 바람 쏘이자.

그 형은 얼굴이 특이하게 붉었다. 인호가 가끔 형을 만날 때마다 중국 바이두[百度]로 문자 교류하는, 얼굴이 유난히 붉고 다혈질인 중국 광시 자치구 출신 장족藏族 여자인 루루가 생각났다. 인호가 그녀를 직접 만나본 적은 없었다. 그녀가 중국 포털 바이두[百度]에 올려놓은 사진과 글을 보고 접속해 들어가 문자로 교류하던 사이였다. 그녀는 얼굴 피부가 하얀데도 형과 비슷하게 얼굴이 붉었다. 인호가 중국 서부지역에 관심이 많아 틈틈이 중국어 공부를 해왔고, 서부지역 문화를 알기 위해 그녀와 바이두를 이용해 문자 교신을 해오고 있었다. 언젠가 인호 형편이 좋아지면 중국 서부지역, 특히 춘추전국시대 초나라[楚國] 지역인 스촨 성 일대를 다니며 여행기를 써보고 싶은 꿈을 갖고 있었다.

지하철역 출구에서 형을 만났다. 그런데 머리카락이 노란색으로 변해 있는 것이 아닌가. 형은 얼굴 붉은 것을 커버하기 위해 머리를 노란색으로 염색했다며 환하게 웃었다. 미장원 여자 미용사 의견을 따라 머리에 임팩트를 주어보았다고 했다. 인호가 외국 금발 배우처럼 젊어 보인다고 하자 형이 소년처럼 크게 웃었다. 함께 등산로 입구 방향으로 걸었다. 순간 형의 커다란 웃음소리를 밀어내듯 광장 끝에서 차가운 바람이 훅하고 불어왔다.

광장에는 거인들이 열병식 하듯 거대한 돌기둥들이 쭉 늘어서 있었다. 광장에 처음 돌기둥들을 설치할 당시에는 웅장미가 돋보이도록 설계해 놓았겠지만, 이제 보면 외계 거인들이 자신의 별로 돌아가지 못하고 낯선 행성에 버려진 것으로 보였다. 등산로 조감도 앞에서 산을 오르는 방향을 가늠해 보았다. 여러 갈래 길 중에서 호수 쪽으로 난 길을 선택했다. 형이 먼저 말을 걸어왔다. 요즘 월급이 잘 나오는지 묻는 말이었다. 형 손바닥에 말을 써주며 걸었다.

쥐꼬리만큼.

개인 사업 해보니, 그래도 월급쟁이 머리 덜 아프다.

형이 인호를 만나면 늘 물어오는 질문이었지만, 인호는 건성으로 얼버무렸다. 형은 장애가 있는데도 생활력이 강했다. 신학교를 졸업한 다음 운영하던 슈퍼는 정리했다. 불경기 탓인지 갈수록 받을 돈은 수금되지 않았고, 줄 돈은 물 새듯 빠져나가 적은 자본으로 버틸 수 없었다고 했다. 결국, 수입과 지출의 밸런스가 무너져 폐업하고 대형마트 관리부서 직원으로 들어갔다는 것이다. 마트에서는 나이 때문에 형을 주임으로 불러준다며 환하게 웃었다.

형은 유독 강이나 호수를 좋아했다. 전에 골재사업을 했던 추억 때문에 그렇다고 했다. 골재사업은 형이 연쇄부도를 맞지 않았다면, 오랜 꿈인 건축 사업을 제대로 해볼 수 있는 돈 되는 사업이었다. 호수로 이어진 길로 방향을 잡았다. 호수에는 물이 가득 들어차 있었다. 호수를 끼고 길게 우회해 걸었다. 호수 가운데에 큰 새 한 마리가 보였다. 비쩍 마른 왜가리였다. 새는 발을 물에 담근 채 넓은 호수에 혼자 우두커니 서 있었다.

멀리 언덕 쪽에서 다른 새 한 마리가 날아왔다. 작은 왜가리였다. 작은 새는 큰 새 옆에 바짝 붙어 가만히 서 있었다. 큰 왜가리 머리는 배코 친 탁발승 모습으로 민머리였다. 그는 하늘을 쳐다보다가, 차가운 물속에 머리를 박았다가, 하는 동작을 끊임없이 반복했다. 또, 가끔 머리를 들어 허공을 향해 기다란 두 날개를 펼쳐 흔들어 댔다. 인호는 그 새가 물고기를 잡으려 그러는지, 참선을 위해 그러는지, 알 방법이 없었다. 호수 가장자리에는 수생 갈대들이 다리를 박고 줄지어 서 있었는데, 모두 왜가리같이 머리털이 뽑혀져 나가고 없었다. 앙상한 깃 대궁만 남아서 바람의 방향에 따라 이리저리 흔들렸다.

형은 건축 사업을 청산한 다음, 누나가 주선해 선을 보았다고 했다. 결국, 결혼은 경제적 이유와 나이 문제로 성사되지 않았다. 형은 혼자 지내오면서 결혼에 통 관심을 보이지 않았다. 최근에는 형의 어머니가 나서서 왜 결혼을 미적거리냐며 다시 다그치기 시작했다는 것이다. 인호가 물었다.

그래 뭐라고 대답했어요?

형은 대답하지 않았다. 그 형 주변에는 혼자 지내는 친구들 몇이 있었다. 그들은 모이면 인생을 진지하게 연구하는 것뿐인데 비난을 받는다며 웃곤 했다. 옆에서 걷던 형이, 지금도 여행하는 꿈꿔? 하며 물어왔다.

밤마다 떠나는 꿈 꿔요. 형은?

꿈에서 마차 타고 달린다, 없는 놈들은 꿈꾸어야 한다.

둘은 누가 먼저라 할 것 없이 말끝을 흐렸다. 갑자기 형이 파카에서 핸드폰을 꺼내들고 눈을 가늘게 뜬 채 노려보았다. 산 아래쪽에 혼자 우두커니 서 있는 폐쇄된 낡은 건설 현장 사무소 근처를 지날 때였다. 형이 빠르게 말했다.

회사에서 문자 왔다, 가야 한다. 다시 연락한다.

형은 조금 전까지 걸어왔던 방향으로 되돌아서 빠르게 뛰어갔다. 순식간에 그의 뒷모습이 시야에서 사라졌다. 형은 최근에 대형마트로 직장을 옮긴 다음 젊은 상사가 시키는 대로 무조건 엎드린다고 했다. 그래도 자금 부족 상태에서 슈퍼를 운영하는 것보다 정신적으로 덜 힘들었다는 것이다. 길가의 풀들도 형이 매일 엎드리듯 지상에 바짝 엎드린 채 누렇게 바랜 겨울옷들을 초록 옷으로 갈아입지 못하고 누워 있었다. 인호는 쪼그려 앉아 풀들을 들여다보았다. 순간 찬바람이 불어오자 풀들은 누런 줄기 몇 개로 바람에 맞서면서 바들바들 떨었다.

언덕 아래쪽 개울에는 제법 많은 물이 흘러내려갔다. 검은 물가에 물고기들과 오리 몇 마리가 함께 돌아다니는 것이 보였다. 잉어나 가물치로 보이는 검은 물고기와 오리들은 자기들의 영역을 침범하지 않고 스쳐 지나갔다. 물고기와 오리는 서로의 먹이사슬에서 벗어나 함께 공존하는 것으로 보였다. 물줄기가 강 쪽으로 빠져나가는 작은 길을 지날 때였다. 형이 다시 문자를 보내왔다.

점심같이 할까? 혼자 먼저 안 간다.

인호가 산 위에서 샛길로 내려갈 때였다. 다시 문자가 왔다. 별거 아닌 것 갖고 호출한 거다, 하며 산에서 내려오는 출구 쪽 벤치에서 만나자는 내용이었다. 산을 내려가는 아래쪽에서 십여 명의 등산객이 한 줄로 올라오는 것이 보였다. 그 길은 인호가 올라왔던 길보다 경사도가 비교적 완만한 길이었는데도 사람들은 오리 떼같이 숨을 헉헉대며 무리 지어 올라왔다.

다시 능선으로 올라갔다가 내려갈 때였다. 능선 아래쪽으로 억새숲 군락지가 눈에 가득 펼쳐 들어왔다. 겨울 억새숲은 탈색된 군용 담요 빛깔로 골짜기에서 불어오는 바람에 맞서 흔들리고 있었다. 억새숲은 낡은 담요처럼 떠도는 자들의 삶을 감싸주듯 한데 뭉쳐서 흔들렸다. 억새들의 삶은 초록의 시간들을 떠나와 이제는 퇴색된 갈색으로 펄럭였다. 다시 산기슭 아래쪽에서 바람이 불어오자 수없이 많은 손바닥들을 허공으로 펼쳐든 채 마구 흔들어댔다. 호수에서 왜가리들이 날개를 펼쳐대면서 흔들듯 억새들도 산 위에서 바람의 방향대로 흔들어댔다.

문득 인호는 억새숲으로 뛰어들고 싶은 충동이 밀려왔다. 온몸으로 마른 억새들의 촉감을, 탈색된 군용 담요의 촉감을, 아득한 기억들을 정면에서 마주해 보고 싶었다. 억새들에게 안기자, 제일 먼저 포근한 촉감이 얼굴을 덮어왔다. 그런 느낌은 인호가 어릴 때 하루 종일 뛰어놀았던 고향집 강가를 가득 덮었던 억새밭의 기억들을, 왜가리들의 기억들을, 다시 그곳으로 소환해 주고 있었다.

인호가 억새숲을 나올 때였다. 갑자기 급한 요의尿意가 올라왔다. 인호는 억새숲이나 갈대숲 근처에 가면 이상하게 소변이 마려웠다. 포근해 보이는 그것들이 아마도 그런 생리현상을 가져오는 것 같았다. 기억의 밑바닥에 부드러운 형체에 반응하는 무엇이 있고, 그것들에 민감하게 반응하는 어떤 불안이 존재하는 것 같았다. 억새숲들의 부드러운 촉감이 그 불안의 영역에 안도감을 주는지도 몰랐다. 센 바람에 흔들리던 억새숲들이 그가 갈겨댄 오줌 줄기에 맞아 조금 더 흔들렸다.

산 끝자락을 다 내려와서 형을 만났다. 그는 산 내려오는 출구 쪽 벤치에 앉아 마치 화난 사람같이 벌건 얼굴로 핸드폰을 들여다보고 있었다. 회사에서 다시 그를 찾는 문자라 했다. 형과 함께 등산객들로 가득 찬 국밥집 안으로 들어갔다. 커다란 가마솥에서 끓어오르는 김들이 국밥집 유리창을 덮어갔다. 김들은 인호가 대학 휴학 시절 시베리아 횡단열차로 툰드라 겨울 숲 지대를 여행했을 때, 열차 유리창을 가득 덮었던 수증기같이 국밥집 유리창을 덮어갔다.

힘들게 산을 내려와 따스한 국밥과 마주하고 앉으니, 마치 시베리아 농장에서 도망친 며칠 굶은 농노 비슷한 허기가 올라왔다. 정신없이 국밥을 떠먹었다. 뜨거운 국물은 아득했던 여행의 기억과 산행의 고단함을 함께 녹여 주었다. 인호가 국밥을 떠먹다가 흘낏 형을 보았지만, 형의 얼굴은 여전히 어두웠다. 무슨 일인지 물어도 회사일이라고만 하고 더 이상 대답하지 않았다.

*

핸드폰에 마트 형 번호가 뜨며 벨이 울려댔다. 전화를 받아보니 마트 형 친구 된다는 사람이라고 했다. 형이 병원에 입원했다는 내용이었다.

시간 되면 한 번 들리랍니다. 대학병원 12층이에요.

그래요? 왜 입원했습니까?

일요일 저녁에 회사에서 나오다가 계단에서 넘어졌대요. 나도 원인은 잘 몰라요.

일요일이면 형이 인호와 함께 등산을 갔던 날이었다. 물론 형은 회사에서 찾는다며 회사로 다시 들어갔다가 나와서 인호와 늦은 점심을 먹었다. 형이 그날 밤에 다시 회사로 불려갔다가 다쳤다는 말이었다. 형 친구에게 많이 다쳤는지 물어도 대답하지 않았다. 전화로는 말하지 못하는 어떤 상황인지 몰랐다. 형은 일하는 대형마트에서 스트레스를 많이 받는다고 했는데 결국 사고가 터진 것 같았다. 아마 듣지 못하니 더 그랬을 것이다. 심하게 넘어졌던지 무슨 일이 일어난 모양이었다. 문자로 내일 가겠다고 보냈다. 다음날이 오후 근무 차

례였기 때문에, 오전 일찍 대학병원 방향으로 가는 지하철에 올랐다. 그 형이 입원한 대학병원은 아직 인호가 한 번도 가 보지 않았던 병원이었다.

병원 1층 안내 데스크에는 중년 여자 안내원이 봉사원 명찰을 가슴에 달고 있었다. 방문자 신청서에 형 이름을 적어 안내원에게 건넸다. 안내원은 형 이름을 컴퓨터에 입력하고는 바로 입원실 호수를 알려주었다. 12층에서 내렸다. 병실 입구에 붙은 수많은 이름표들을 레지던트가 환자를 문진하듯 일일이 쓸어보며 병실을 찾아갔다. 6인용 입원실 앞에 형의 이름이 적혀 있었다. 입원실 구석에 병원 침대를 커튼으로 가려 놓은 곳이 한 군데 보였다. 커튼 틈으로 들여다보았다. 형의 친구가 그에게 종이 기저귀를 채워주는 중이었다. 마트 형 팔에는 링거가 꽂혀 있었고 두 손목이 침대에 묶여 있었다.

형은 기저귀 차기가 불편해서인지 친구에게 손을 풀어달라고 어깨를 흔들었다. 기저귀 채우고 나온 형 친구에게 왜 팔을 묶어놓은 것인지 물어보았다. 머리를 다쳐 몸을 통제하지 못한다면서 간호사가 묶어놓았다는 것이다. 형은 병실로 들어서는 인호를 바로 알아보았다. 인호에게 묶여 있는 나머지 한 손을 풀어달라며 거즈가 붙어 있는 멍든 눈으로 자신의 손을 가리켰다. 인호가 묶인 손을 풀어주자, 마침 들어온 간호사가 깜짝 놀랐다.

누가 풀었나요? 환자가 머리를 다쳐 중심을 못 잡기 때문에 침대에서 떨어질 수도 있어요. 그대로 두세요.

간호사는 다시 형의 두 손을 침대에 묶었다. 형의 이마와 얼굴은 붕대로 감겨 있었다. 시커멓게 멍든 팔과 다리에도 거즈와 붕대로 싸매 놓았고 왼팔에는 깁스를 해놓았다. 그런데 넘어져 다친 것이 아니라 싸워서 다친 것으로도 보였다. 비번 날에 계속 불러대니 아마 관리자와 싸웠는지도 몰랐다. 형에게 물어보자, 관리자에게 맞았다고만 하고 더 이상 말을 하지 않았다. 단지 다친 머리가 아픈지 배코 친 왜가리가 머리를 호수에 담갔다가, 하늘을 쳐다보다가, 하듯 침대에서 앉았다 누웠다를 반복했다. 형은 어제 밤에 통 잠을 못 잤다고도 했다.

형이 아프고 답답하다며 혼자 중얼거리기 시작했다. 형은 노란 머리로 누워 있었고 환자복 안에도 노란 티를 입었다. 그는 아예 노란색을 좋아하기로 작정한 사람으로 보였다. 그가 혼자 중얼거리는 목소리가 들려왔다.

야채장사 할 때 여자 만났다. 처음 만날 때 여자 건강했다, 나중에 유방암에 걸렸다고 했는데, 다른 데로 퍼졌다. 결국 여자 떠났다. 여자 집안에 암 유전 내력이 있다. 내 인생 왜 이런지 모른다.

인호는 그의 중얼거리는 말을 들으면서 어제 밤에 다친 이유에 대해 물었지만, 맞았다고만 하고 더 이상 대답하지 않았다. 혼자 중얼거리기만 했다. 형이 혼자 중얼거릴 때는 인호에게 손바닥을 내밀라고 요구하지 않았다. 중얼거리는 그의 혼자말은 언제 끝날지 알 수 없었다. 아마 쉽게 끝나지 않을 것이었다. 인호가 형의 베개 밑에, 미리 준비해온 쾌유라고 적은 흰 봉투를 밀어 넣었다. '출근'이라는 말을 손바닥에 써준 다음 입원실을 빠져나왔다. 인호는 형의 말을 들어주러 간 것이지만, 얼마 있지 못하고 밖으로 나왔다. 말벗을 해주기로 하고도 그의 중얼거리는 말을 들어주지 않았다. 아마 일방적으로 듣기만 해야 하는 부족한 인내심 때문에 그랬을 것이다.

병원을 나온 인호가 지하역 방향으로 걸어갈 때였다. 그의 앞으로 머리를 노란색으로 염색한 여자가 지나갔다. 노란 머리 여자는 코트도 밝은 노란색 바바리였다. 병실에서 만나고 나온 형도 머리가, 티셔츠가, 노란색이었다. 인호의 하루 일진이 노란색으로 차려입은 사람들을 연속으로 만나게 되는 날인지 어떤지 알 수 없는 날이었다. 인호가 그녀의 옆으로 천천히 지나가며 눈을 바라보았다. 초점이 하나도 없었다. 노란머리의 형이 그렇듯 노란 바바리코트를 입은 그녀도 정신 줄을 놓고 걸어가는 중이었다.

순간, 그녀가 모델이나 연예인으로 보였다. 그녀가 사랑을 잃은 연기를 하듯 천천히 걸어갔기 때문이었다. 그러나

천천히 걷는다고 모델이나 연예인은 아닐 것이다. 또, 머리를 노란색으로 염색하면 모두 그런 것인가? 사람의 겉모습을 보고 직업을 추측해 봐야 의미 있는 일이 아닐 것이다. 누구의 판단으로 사람의 직업이 결정되는 것도 아니다. 인호는 혼자 말을 하는 형의 말은 들어주지 않았으면서도 생각에 빠져든다. 형이 병원 침대에서 혼자 중얼거리듯. 인호도 중얼거리며 언덕길을 내려갔다.

긴 언덕이 끝나는 아래쪽에 커다란 정자나무 한 그루가 서 있었다. 정자나무 맨 꼭대기에 왜가리 몇 마리가 앉아 있는 것이 보였다. 아마 대학병원 옆으로 멀지 않은 곳에 큰 강이 흐르고 있어 그런 풍경이 보였는지도 몰랐다. 왜가리는 나무에 앉아 인호를 빤히 내려다보았다. 인호도 다가가 그를 보았다. 그들도 인호 생각을 읽는 듯 고개를 몇 번 주억거리다가 다시 침묵 모드로 돌아갔다.

순간, 말 못 하는 왜가리가 그 형을 닮은 것으로 보였다. 말은 하지 못하면서 듣기는 하는 왜가리와, 말은 하면서도 들으려 하지 않는 인호는 선 채 서로를 마주 보았다. 왜가리는 인호가 어떤 사람으로 보였을까? 검은 파카를 입은, 검은 배낭을 멘, 취준생으로 오래 썩어가다가 알바를 하는 모습은? 샛노랗고 긴 머리의 노란 코트 여자는? 노란 머리 여자도 아주 천천히 왜가리 앞을 지나갔기 때문에, 아마 왜가리의 눈에도 두 사람이 동시에 관찰되었을 것이다. 인호가 왜가리 앞에 다가섰을 때 새는 전혀 움직이지 않았다. 단지 인호를 내려다보기만 했다. 새는 인호를 면회 온 사람으로 인정했던 것일까?

왜가리는 큰 나무 위에서 미동도 하지 않았다. 새는 인호와 눈싸움을 하려고 작정한 듯 빤히 내려다보기만 했다. 새는 인호를 누구로 알았을까? 새의 고개는 전혀 움직이지 않았다. 둘은 서로 잘 아는 사이같이 길 위에서 서로를 응시하기만 했다. 갑자기 왜가리가 날개 짓을 크게 몇 번 했다. 병원에 누운 형이 손바닥 말을 하듯 팔 없는 새가 날개를 몇 번 크게 흔들어 댔다. 형이 손바닥 말을 하듯 왜가리도 날개로 하는 말을 보여주었던 것이다.

왜가리에게 묻고 싶었다. 지금까지 가던 길을 모두 버리고 다른 길로 가야 하는지, 이대로 계속 걸어야 하는지, 묻고 싶었다. 새는 말이 없었다. 새가 먼저 인호 쪽을 보았고 다시 인호가 그를 보았다. 인호는 새를 인식하고 말을 걸었지만, 새는 그의 존재를 인정하고 호명하지 않았다. 새는 마치 인호가 보이지 않는 것처럼 아래를 내려다보기만 했다. 조금 기다려 보다가 포기하고, 왜가리에게 '안녕' 하며 손을 흔들어주었다. 두어 걸음 가다가 다시 뒤돌아 보았다. 인호가 새를 바라보자, 새도 그를 빤히 쳐다보는 것이 아닌가.

*

형에게 문자를 보냈지만, 답신이 오지 않았다. 아침에 인호가 화장실을 갔을 때 배변 소식이 없었다. 오지 않는 문자로 인호의 불안이 시작되고 있었다. 인호는 형으로부터 문자가 없기 때문에 배가 이상해졌다는 엉뚱한 생각까지 했다. 흔히 심리적인 이유로 기가 막힌다고들 하지 않던가. 설사, 형이 인호 기의 흐름을 막은 원인을 제공했다손 치더라도 지금 인호 상황을 알 리가 없었다.

한밤중에 설사가 시작되었다. 설사는 인호의 불안이, 끝없이 달려드는 생각들이, 밖으로 터져 나온 현상이었다. 임시직이라는 신분상의 불안, 앞날을 기약할 수 없는, 아무것도 담보되지 않는 어정쩡한 청춘의 현상 같은 것이었다. 어질어질했다. 기운이 빠져 나갔고 잠이 쏟아져 왔다. 수돗물을 반 컵 마시고 쓰러져 잠을 청했다. 월요일 아침에야 겨우 정상으로 돌아왔다.

드디어 형으로부터 문자가 왔다.

그 동안 국내에 없었다. 중국에서 사업 관계로 바빠 답신을 못했다, 한국과 사업 환경이 너무 달라 힘들다, 돌아가면 꼭 면회 간다. 하는 내용이었다. 그 형이 자주 사용하는 면회라는 단어는 그의 내심에 들어 있는 어떤 불안의 다른 표현이었다. 형은 골재사업이 부도나고 구치소에 들어갔다가 나온 적이 있었다. 구치소에 다녀온 사람들은 절망감에 충격을 받을 수밖에 없었을 것이다. 형은 인호를 만나러 오거나 문자를 보낼 때 꼭 그 말을 사용했다.

월요일에도 연휴가 계속되었다. 인호가 네거리 건물 지하 식당에서 저녁을 먹고 있을 때였다. 밥을 중간쯤 먹고 있는데 문자가 왔다. 바이두[百度]로 문자를 교류하는 중국 광동에 사는 루루였다. 처음에 인호는 중국 바이두에서 발신 신호가 떴을 때, 형이 중국에서 바이두 계정을 이용해 문자를 보내오는 줄 알았다. 형이 아니라 얼굴 붉은 광동 여자였다. 그녀는 광시 자치구 출신의 기센 여자답게, 거두절미하고 대뜸 저녁을 먹었는지부터 물어왔다. 인호는 된장찌개를 먹는 중이라며 그녀에게도 저녁을 먹는지 물었다. 그녀는 쌀밥을 먹는 중이라 했다.

쌀밥이요? 중국에서 쌀밥을 먹는다면 반찬은 무엇으로 먹나요?

고추 소스를 친 씨앙창[香腸, 소시지]하고 먹는데 맛이 죽여요.

인호는 그녀가 씨앙창이라 해서 음식재료에 '씨앙[香]'자가 들어가는 경우, '씨앙차이[香菜, 향채]' 생각이 얼른 났다. 그래서 고수 향이 강하게 나는지 물었다.

　고수 향은 나는데, 많이 나지 않아요. 주소를 보내면 부쳐 드릴게요.

　그녀로부터 소시지를 받는다면 작은 물건이라도 답례를 해야 한다. 소시지 값보다 오히려 택배비가 더 많이 나올 것 같아요, 하며 문자를 보내자, 그녀가 곧바로 치고 나왔다.

　호호호, 택배비 걱정은 마세요. 소시지가 맛있어요. 끝내 준다니까요.

　그녀는 자신의 말이 사실이라고 증명하듯 그녀의 손바닥에 붉은 싸인 펜으로 쩐하오츠[眞好吃, 정말 맛있어.]라 쓰고는 사진을 찍어서 보냈다. 왜가리가 인호에게 그랬던 것처럼 두 어깨를 올리고, 부끄러운 듯 붉어진 얼굴로 두 손바닥을 펼친 채 찍은 사진을 보내주었다. 그녀가 형처럼, 왜가리처럼, 손바닥 말을 했던 것이다. 그녀에게 물었다. 왜 손바닥 말을 하느냐고. 그녀는 자신의 여동생이 농아라 그렇다, 동생은 핸드폰이 없다, 우리 자매는 어릴 때부터 손바닥 말을 해 와서 이제는 습관이 되어 그렇다는 것이다.

　그녀는 아득한 저쪽 세상에 살고 있었지만, 서로 교신하는 방법은 형과 닮아 있었다. 땅 아래에서 퍼져 나간 나무뿌리들이 서로 다른 나무들과 지하에서 만나는 것처럼. 인호와 형이 손바닥 말로 연결되어 있는 인호와 그녀가 서로 손바닥 말로 연결되어 있는 것이었다. 그녀의 말은 나무 아래 뿌리들처럼 서로 접속되어 의미를 전달하고 있었다.

형이 온다는 문자가 왔다. 하필 만나기로 한 날의 기온이 영하로 뚝 떨어졌다. 형은 춥다면서 순대 국밥을 먹자며 재래시장에서 만나자고 했다. 골재사업을 할 때 현장 사업소 직원들과 순대 국밥과 막걸리를 마서 보면 자신과 궁합이 잘 맞았다는 것이다. 형은 술이 들어가자 말이 빨라졌다. 듣기에도 거의 말이 어눌하지 않았다. 술이 들어가자, 그는 전에 마트 관리자에게 얻어맞고 회사를 그만두었다는 말을 꺼냈다. 관리자로부터 폭행 합의금조로 약간의 돈을 받고 사표를 낸 다음 중국으로 건너갔다고 했다.

그런데 그는 말을 듣지 못해 그런 것인지 이상하게 말을 한 번 시작하면 도무지 끝내지 않았다. 어찌 보면 자신의 장애 때문에 상대에게 말할 기회를 주지 않는 것인지 모를 일이었다. 한 번 말을 시작하면 이런저런 사례를 들어가며 했다. 옛날 무성영화에서 변사가 말을 하듯 올려치고 내리치는 말들이 그럴듯했다. 술이 취하면 그렇게 말이 자연스러워지는 것인지 몰랐다.

골재사업 정말 잘 했다. 가마니로 돈 쓸어 담았다. 강바닥

모래자갈을 아무리 긁어 팔아도, 장마가 오지게 오면, 다시 시작이다. 처음으로 돌아간다. 모래와 자갈이 다시 굴러온다, 저절로 쌓인다. 신난다. 화수분처럼. 돈이 굴러온다. 이해 간다? 돈에 임자 없다. 겁 없이 썼다. 골재 허가 공무원 불러내 접대한다. 좋은 곳에 모시고 간다. 접대는 내 담당이다. 공을 들여야 다음 해에 허가 나올지 모른다. 골재 허가 받기 위해 입찰할 때, 높은 가격 써내고 입찰 받았다. 그래서 많이 팔아야 한다. 허가 떨어지면 돈은 다시 들어온다. 신난다. 내 인생에 그런 때가 있었다.

인호는 잠자코 듣기만 했다. 인호가 무슨 말을 하려 하면 갑자기 인호 앞으로 손바닥을 쓱 내밀었기 때문이었다. 동작도 빨랐다. 그럴 때마다 일일이 손바닥에 인호가 한 말을 적어 달라 했다. 형이 대화 중간에 인호 앞으로 손을 쓱 내밀면, 소심한 인호는 그의 흥을 깨는 꼴이 될까 봐 말을 꺼낼 수 없었다. 그가 하는 말에 추임새를 넣거나 고개만 끄덕여 줄 수밖에 없었다. 그는 사업을 오래 해온 사람답게 눈치도 빨랐다. 인호가 말을 하지 않고 고개만 주억거려도 동의하는지, 안 하는지, 금방 알아차렸다. 그러면서 인호가 처음 들어보는 희한한 이야기를 꺼냈다.

내가 요양원 측과 함께 중국에서 전도 사업한다.

중국에서 교회 전도 사업이 가능한가요?

그가 신이 나서 말했다. 중국 정부에서는 외국인에게 기독교 신학교 설립이나, 외국인 선교사의 교회 전도를 금한다. 처음에는 모르고 신학교 설립 인가 신청을 냈다. 기다려도 인가해 주지 않는다. 나중에 알고 보니 인가가 안 된다고 했다. 인가해 주지 않아 무단으로 한다.

숙소는 정신요양원의 돈으로 진린 시에 큰 평수 아파트를 한 채 빌렸다. 중국에는 전세제도가 없어 월세로 얻었다. 숙소에 조선족 남녀 열 명을 신학생으로 입학시켜 합숙으로 가르쳤다. 잠자는 것이 해결되고, 식사는 식재료를 구입해 아파트 주방에서 조리해 먹어 경비 절약이 가능했다. 인호가 물었다.

아파트에 학교 간판은 걸고 하나요?

몰래 한다. 간판 달면 걸린다.

그런데 이야기하던 그가 갑자기 이상한 말을 꺼냈다.

나 그 신학교에서 강의한다.

인호는 놀랄 수밖에 없었다. 어떻게 농아라는 사람이 정상 신학생들을 가르치는지 이해하기 어려웠다. 형은 정말 능력이 좋은 사람인지도 몰랐다. 그러면서 제안을 해왔다. 중국에 한번 놀러 와라. 그 아파트에서 지내면 된다. 먹고 자고 지낼 만한 공간이 있다. 인호는 그의 말에 귀가 솔깃했지만, 그가 술기운으로 하는 말로 알고 고개를 끄덕여 주었다. 그는 술이 취해 그런지 말을 많이 했다. 갑자기 그가 말을 끝내고 조용히 앉아 있었다. 인호에게 신학교에 투자할 생각이 있는지 물어왔다.

신학교에 돈이 필요하다, 교회 지원은 한계 있다.

그런데 외국에 있는 무인가 신학교에 투자하라는 말이 이해되는 말인가. 물론 돈 있는 부자가 순수 헌금으로 지원하는 방식이면 이해가 될 것이다. 인호 형편에 돈도 없지만, 외국의 무인가 신학교에 투자하라는 말은 들어주기 어려웠다. 인호는 늘 다른 사람의 고통에 대해 함께 나누며 살아왔지만, 이번에는 당황했다. 얼떨결에 그의 손바닥에 말을 쓰지 않고 그의 얼굴을 보며 말했다.

자금 회수가 불확실한 곳에 투자할 사람을 찾는 것은 어렵지 않나요? 헌금으로 지원해 줄 사람을 찾는 것이 어때요?

인호 말이 끝나자마자 그가 일어섰다. 두 어깨를 위로 올리더니 인호를 노려보았다. 아니 그는 자신의 손바닥을 노려보는 것 같았다. 혹시 인호가 했던 말이 자신의 손바닥에 씌어 있는지 확인해 보는 것 같기도 했다. 인호가 부정적으로 말한 것을 느낌으로 안 것인지도 몰랐다. 그가 알았다며 뒤로 돌아섰다. 휘적휘적 걸어 밖으로 나갔다. 인호도 얼른 일어나 밖으로 나왔다.

문득 그가 찬바람 몰아치는 영하의 어둔 거리를 향해 비틀거리며 날아가려 하는 환상이 보였다. 그의 작은 몸이 하늘로 막 뜨려는 중이었다. 밤하늘에는 유목민의 칼을 닮은 그믐달이 떠 있었다. 흐린 그믐 달빛 아래서 그가 두 손바닥으로 두 귀를 감싸며, 두 어깨로 날개짓을 하고 있었다. 듣지 못하는 그가 괴로워하는 고통의 모습이었다. 문득 인호의 귀에도 이명 소리가, 그의 중얼거리는 소리가 들려오는 것 같기도 했다. 그는 듣지 못하는 말을 듣기 위해, 왜가리처럼 날아 허공에 떠다니는 말들을 찾아가는지도 몰랐다. 순간 그가 사라졌다.

욕망의 입구

*

　부두를 떠나던 배가 순간 정지된 것으로 보였다. 지호가 저녁 어스름 인천 연안 부두에 서 있을 때였다. 머물러 있는 것처럼 보이던 흰 배를 바라보다가 문득 항저우[杭州]로 떠난 그녀 기억이 떠올랐다. 3년 전, 그녀가 한국에 자유여행을 온 적이 있었다. 지호가 자전거를 타고 한강 여의도 선착장을 달리다가 배수로에 넘어진 적이 있었는데, 강변에 서 있던 그녀를 피하려다 배수로에 처박혔던 것이다. 그 일은 정말이지 우연히 일어난 일이었다. 그녀가 웃으며 먼저 사과해오자, 계면쩍어진 지호가 옷에 먼지를 털고 나오며 엉뚱하게 그녀에게 커피를 마시자고 제안했다. 그녀는 커피는 못 마신다며 아이스크림을 먹자고 했다. 그녀와 선착장 옆 상가 2층 간이식당에서 아이스크림을 먹으며 서로 이메일 번호와 이름을 주고받았다. 그날 웨이신[微信] 포털을 이용해 문자로 교환하기로 약속하고, 그녀는 유람선을 타고 떠났다. 다음날 그녀가 항저우로 돌아가는 중이라며 공항에서 문자를 보내왔다.

　그녀가 여의도 선착장에서 관광객을 가득 태운 관광버스에서 내렸다가, 유람선을 타고 떠날 때처럼 흰 배는 지금 연안 부두 한 가운데 떠 있었다. 하늘과 바다의 중심에 배는 서 있었고, 그 여객선에서 그녀가 타고 있는 것처럼 느껴졌다. 하늘에는 저녁달이 떠 있었다. 갈매기들은 해안선을 따라 끊임없이 끼룩끼룩 울며 날아갔고 새들은 도무지 지쳐 보이지 않았다. 새들의 날개 속에는 태고 적부터 이어져 내려온 그리움이 저장된 것으로 보였다. 멀리 연안 여객선으로 보이는 작은 배들도 여럿이 지나갔고 또, 다가왔다. 모두 부두에서 떠나거나, 떠나갈 준비를 하는 중이었다.

지호는 선수에 칭따오[青島]로 쓴 흰 배에 손을 흔들어 주었다. 여의도 선착장에서 유람선을 타고 떠났던 그녀에게 했던 것같이 손을 흔들어 주었다. 떠나는 중국 선적의 배를 보며 혹시 배를 타고 그녀에게 가보는 방법이 있는지 상상했다. 외항선으로 칭따오로, 칭따오에서 다시 상하이로 가는 중국 내항선으로 갈아탄 다음, 상하이에서 기차를 타고 항저우로 가는 방법이 있을 것이다.

여행시간은 많이 걸리겠지만, 여행의 추억이 더 있을지 모를 일이다. 떠나는 것들은 모두 기억으로 저장될 것이다. 그리고 저장된 기억들은 언젠가 다시 마주하게 되리라.

지호가 연안 부두에 서있을 때 전화가 걸려왔다. 항저우 그녀였다.

한국 고급 화장품 설화수 세트를 보내줄 수 있나요? 프랑스 제품도 한 번 알아봐 주세요. 보내주시면 바로 송금할게요.

그녀의 말이었다. 그녀의 전화는 유람선을 타고 떠나면서 그에게 잃어버린 무엇을 찾아달라고 요구하는 소리로 들려왔다. 그녀가 말을 걸어온 것은 이제 서른으로 나이가 서로 비슷한 지호에게 어느 정도 믿음이 간다는 것이었지만, 그녀가 화장품 건을 이유로 전화한 것에 속으로 당황했다. 화장품은 브랜드에 따라 가격 차이가 많을 것이다. 공장에서 알바 하는 처지에 고급 화장품을 사서 보내달라는 것은 어쩌면 무리에 가까운 말일 수 있었다.

작년 초, 지호가 중저가 화장품을 사서 그녀에게 보내준 적이 있었다. 그녀로부터는 그 지역에서 생산되는 차[茶] 한 봉지를 받았다. 작년에 화장품을 샀던 지하상가는 비싼 제품들을 팔던 상가는 아니었다. 그녀가 말한 고급 화장품은 지하상가에서는 팔지 않을 것이었다. 그녀와 오래 문자로 교신해 오면서 그가 예상치 못한 일이 발생한 것 같았다. 그녀와 서로 문자로 교류해오면서 그녀에게 어떤 기대감을 갖게 해 스스로 일을 키운 것이 아닌지 점점 걱정이 되기 시작했다.

지호는 그녀가 부탁한 화장품 문제로 요 며칠 머리가 아파왔다. 아직 정식 취업을 하지 못해 임시로 나가는 공장 알바를 마치고 백화점 노선으로 가는 지하철에 올랐다. 백화점이 문 닫기 전에 가격을 한 번 알아보기 위해서였다. 지하역에서 내리자마자 전에 화장품을 구입했던 지하상가로 가보았다. 화장품 매장은 폐업했는지 보이지 않았고, 지금은 업종이 바뀌어 여자 속옷을 팔고 있었다.

계속 진행 방향으로 걸어갔다. 상가 맨 끝에 화장품 가게가 한 군데 있었는데, 피부 연화제와 로션 종류를 파는 가게였다. 그녀가 보내달라는 화장품 이름을 대며 혹시 있는지 물었다. 그의 말을 들은 여직원이 물끄러미 그를 쳐다보았다. 그런데 그녀가 바라보는 눈치는 영 좋아 보이지 않았다. 시골에서 갓 올라온 촌놈으로 무시하는 눈초리였다.

지하상가에 그런 고급품은 갖다 놓지 않아요. 화장품 회사도 이미지 차원에서 그런 품목은 백화점에서 팔도록 지도해요. 우린 중저가 제품만 취급합니다.

그녀는 지호를 세상 물정 모르는 사람으로 보았는지 자세히 설명해 주었다. 그러더니 별안간 툭 한 마디 던졌다.

손님 같으면 그런 고급품을 저가 매장에 뿌리겠어요?

순간 지호는 여직원의 말을 듣고 얼굴이 빨개졌다. 점원에게 다른 무엇을 더 물어보려 했다가 생각조차 떠오르지 않았다. 그의 짐작이 맞았다. 저가 매장에 고급 화장품이 진열되어 있을 리 없었다. 설사 그런 고급 물건을 진열해 놓아도 사람들은 검수과정에서 불합격된 하자 상품이나, 가짜로 생각할지도 모를 일이었다. 진열된 화장품은 영세점포에 걸맞는 저렴한 제품들뿐이었다. 광고에 전혀 나오지 않는 로션, 선크림, 발꿈치 트는데 바르는 유화 용제만 눈에 띄었다. 백화점 쪽으로 걸어갔다. 아무래도 그녀의 이번 부탁은 그에게 무리라는 생각이 들었다. 들어줄 수 있는 사항이 아닌 것 같았다. 그렇다고 그의 자존심에 그녀에게 화장품을 보내고 화장품 대금을 받을 수 없다는 생각이 들었다.

백화점 지하 연결통로로 들어갔다. 백화점 지하상가에는 식품 매장들로 가득 채워져 있었다. 환하게 웃으며 다가오는 여직원에게 물었다.

화장품 매장은 1층 오른쪽으로 가서 찾아보세요. 외국 화장품은 11층 면세점으로 가야 될 거예요. 화장품 브랜드 이름은 화장품 코너에 가서 문의해 보세요.

친절한 여직원에게 인사해주고 에스컬레이터를 탔다. 1층에서 내려 국산 화장품 코너부터 찾아갔다. 코너에는 4, 50대 여자 손님들이 서너 명 앉아 있었다. 매대 중앙에는 한겨울인데도 아슬아슬한 비키니 차림의 마른 외국 여자 모델 사진이 길게 걸려 있었다. 손님들은 모두 매장 여직원과 귓속말로 무슨 이야기를 나누는 모습이었다. 얼굴이 동그란 여직원이 다가왔다.

손님, 무슨 화장품을 찾나요?

중국 사람에게 화장품을 보내려는데 가격을 알아보러 왔습니다.

그녀는 중국인들이 많이 찾는 우리 회사 화장품 리스트가 따로 있어요. 하며, 데스크 아래쪽으로 허리를 숙였다가 카탈로그를 들고 일어섰다. 중국어로 인쇄된 B4 용지 크기 인쇄물이었다. 여직원은 카탈로그를 건네주며 원하는 브랜드를 찾아보라면서 손님 쪽으로 방향을 틀었다. 그녀에게 다시 물었다.

프랑스 화장품은 국산보다 가격이 더 비싼가요?

그럼요. 아무래도 비싼 종류가 많다고 봐야죠.

손님들은 모두 자신의 핸드폰을 매장 여직원에게 보여주며 백화점에서 보내준 문자를 받고 왔다고 했다. 단골 고객들로 보이는 그녀들은 백화점 화장품 입점 회사에서 안내 문자가 와서 찾아왔다고 했다. 그는 여점원이 건네준 카탈로그를 들여다보았다. 그녀 말대로 중국 관광객들에게 특화해 팔기 위해 B4 용지 크기 용지에 화장품 세트 사진과 판매 가격이 인쇄된 종이였다. 가격이 세트 당 30만원에서 70만 원 가격대로 맞춰져 있었다. 지호의 형편으로 선뜻 선물할 수 있는 가격대가 아니었다. 카탈로그를 한참 들여다보다가 여직원에게 작은 목소리로 물었다.

혹시 카탈로그 한 장 얻어 갈 수 있을까요?

여직원이 억지로 웃는 표정을 지었다.

우리도 여분이 없어 코팅해 쓰고 있어요.

지호는 카탈로그를 머리 위로 올려 조명 아래서 앞뒤로 돌려보았다. 과연 그것은 인쇄용지에 비닐을 덧씌워 코팅해놓은 것이었다. 그는 화장품을 살 것도 아니면서 바쁜 여직원에게 방해꾼이 되고 싶지는 않았다.

순간, 백화점 천장에서 폐점 시간을 알리는 안내방송과 실내음악이 흘러나왔다. 가벼운 실내음악 소리가 고객들 틈 사이를 건너 넓은 매장 구석구석까지 퍼져나갔다. 다시 백화점 천장은 손님들에게 춤이라도 권하듯 바이올린 춤곡을 내려보냈다. 춤곡은 폐점 시간에 고객들의 지갑에 든 마지막 돈까지 꺼내라고 권유하는 것처럼 들려왔다. 갑자기 지호는 얇은 지갑이 든 엉덩이 쪽 힘이 쑥 빠져나가는 느낌이 들었다. 화장품 사는 것을 포기하고 백화점 아래 지하역으로 내려갔다.

*

　핸드폰에서 신호음이 울렸다. 누가 지호에게 웨이신 포털로 자료를 보내준 것 같았다. 열어 보니 항조우의 그녀가 보내준 노래였다. 그는 연안 부두에서 바다를 바라보며 서 있다가 노래를 보내준 것도 모르고 있었다. 그녀와 교신해 오면서 그녀가 노래를 보내준 것은 처음이었다. 작년이었을까. 중국 노래를 배워보고 싶어 그녀에게 서정적 분위기 나는 중국 발라드 한 곡을 보내달라고 부탁한 적이 있었다. 그녀는 바빠서 그랬는지 보내주지 못했다. 이번에 보내온 곡은 지호가 지난번에 보내 달라고 했던 발라드 장르였다. 중국판 '나가수' 경연 무대에 출연한 가수 씨우지아잉[徐佳瑩]이 부른 「모래톱은 허물어지고[失落沙洲]」였다. 가수는 그 노래를 작사, 작곡까지 한 다음 경연무대에서 직접 불렀다고 했다. 아마 청중들의 반응은 대단했을 것이다. 그녀는 그 곡을 QQ에서 다운받아 보냈다. 노래의 작동 버튼을 누르자 가사도 함께 흘러나왔다. 노래는 가수 자신의 사랑 이야기를 닮은 서정시처럼 아련하게 흘러나왔다.

〈나는 모래톱에 서 있어도 당신을 찾을 수 없어요. 혼자 해변을 배회해요. 하지만 당신이 돌아오기만 기다린 것은 아니죠./ 마음속으로 당신이 돌아오길 원했지만, 오직 당신이 돌아오기만을 바란 것은 아니에요.〉 그는 노래를 들으며 핸드폰 화면으로 흘러가는 가사 내용이 혹시 항저우 그녀의 진짜 마음인지도 모른다고 생각했다. 노래 마지막에 내 생각은 항구를 떠다녔다고 말해줄 거예요. 하는 가사를 보면서, 지호는 유람선을 바라보며 당신이라는 그녀를 찾고 있었던 것은 아닐까. 아니면 그녀의 생각을 찾고 있었던 것은 아니었을까? 하는 갖가지 생각이 밀려왔다.

지호는 노래를 들으며 항조우 그녀도 그 가수처럼 선착장에 서 있다는 생각이 들었다. 그녀도 유람선을 바라보며 서 있다는 착각이 들었다. 노래 부르는 가수는 배를 바라보며 떠난 연인을 생각하고 눈물을 참고 서 있었다. 문득 가수가 항저우 그녀와 같은 사람이었다면 어떨까 하는 생각이 몰려왔다. 가수는 노래에서 사랑하는 사람이 돌아오기만을 바란 것은 아니라고 했다. 가수는 떠난 연인이 돌아오길 꿈꾸면서도 수줍어 그랬는지 감정의 톤을 낮춰 그립다고만 노래했다.

그녀도 가수 씨우지아잉같이 감성이 풍부한 여자였을까. 지금까지 그녀와 몇 년을 문자로만 교류해 오면서 그녀가 감성적인 여자인지는 알 수 없었다. 다만 유람선을 타고 떠났던 그녀가 이번에 발라드를 보내준 것만 본다면, 우수에 젖은 노래를 좋아한다는 것은 희미하게 짐작할 뿐이었다.

지호는 숙소 방향으로 걸어가면서도 항저우에서도 비가 내린다고 상상한다. 겨울의 거리에 비가 내리고 있다. 비가 내리면 그녀는 어떤 모습일까. 그녀가 근무하는 회사 사무실에서 거리가 내려다보일까. 창문 밖으로 걸어가는 사람들, 자동차들을 바라보고 있을까. 그녀가 고개를 한쪽으로 갸우뚱하게 숙인 다음 실눈을 뜨며 바라볼까. 우중의 거리를 그녀가 여행했던 서울의 거리를 생각하고 있을까. 그는 상상 속으로 빠져들고 그럴 때마다 마음은 빗속으로 잠겨든다. 그의 상상은 허공으로 들어 올려지지만, 비애의 무게 때문에 더 이상 날아오르지 못한다. 그리움들은 빗줄기에 섞여 다시 지상으로 떨어지고 쏟아지는 비에 섞인 채 부서져 내린다. 비는 마치 지호의 문자를 마음을 그녀에게 전송하지 못하도록 방해하는 것만 같다. 비는 훼방하듯 허공에서 흩뿌려지고 있다. 그가 혼자 중얼거리는 문자는 그녀에게 전달되지 못하고 독백으로만 제자리에서 맴돈다. 마음은 허공을 가득 덮은 비의 장막에 가려져 공중으로 날아가지 못한 채 단지 지상으로 흩어질 뿐이다.

쉬는 날 그녀는 여동생과 동생 친구들을 데리고 도시 인근에 있는 쑤저우[蘇州]외곽에 있는 대형호수 씨후[西湖]로 놀러 갔다. 호수에서 유람선을 타고 돌아온 다음, 식사를 호반의 싼성씨앙[三聖鄕] 숯불구이 식당에서 했다. 그녀는 도시 근교에 있는 호수와 야외 식당에서 찍은 그림 같은 사진과 글들을 보내주었다.

식당 주인이 갈비에 망고, 마늘, 치즈, 가리비, 커피를 함께 섞어 구어 주었어요. 주인의 조리 방식은 지금까지 먹어본 적 없는 요리 스타일로 많이 특이했어요. 오랜만에 여동생 친구들과 호숫가 음식점으로 나왔습니다. 우리는 좁쌀 술[糟米酒]을 함께 나눠 마셨지요. 해가 완전히 질 때까지 오래 이야기하며 놀았어요.

사진 속에서 그녀가 미소를 짓고 있는 모습이 보였다. 그녀는 사진 속에서 기분이 좋아 나비가 날아가듯 들떠 있는 모습이었다. 여동생과 함께 웃고 있었는데 여동생은 그녀와 닮아 보였다. 여동생과 그녀는 눈매와 코, 입이 쌍둥이 자매같이 닮아 있었다. 지호가 그녀에게 물었다.

식당 음식이 특이하다고 했는데 맛은 어땠나요?

사장이 직접 조리해 이국의 맛을 보여주었어요. 또, 우리 지역 사람들이 좋아하는 매운 고추 맛이 훌륭했어요.

그녀는 동생 친구들을 위해 사장에게 감자 칩을 만들어 달라고 부탁했는데, 사장은 자신이 감자를 좋아하지 않아 식당에 감자가 없다며 대신 꿀을 바른 사과 칩을 만들어 주었다고 했다. 막내를 위한 그녀 마음 씀씀이가 엿보였다. 여동생의 밝은 미소를 보니 그녀 어릴 적 모습을 보는 것 같았다. 그녀도 여학생이었을 때 저렇게 빛났었겠지. 아무 걱정 없이 환하게 웃고 지내면 되었으니까.

흘러간 세월은 그립다. 지호도 그런 시절이 있다. 어린 시절의 꿈과 시간은 다른 세계로 건너갔지만, 시간을 거꾸로 되돌릴 수는 없다. 창밖으로 자동차들이 빠르게 질주한다. 이쪽 공간에서 저쪽 공간으로 이동한다. 차에 탄 사람들은 느낄 수 없지만, 그들의 시간은 공간 위에 올라타고 함께 옮겨진다. 문득 스마트폰으로 거울을 본다. 한때 팽팽했던 그의 얼굴도 이제는 거친 얼굴로 변해 있다. 귀에 꽂고 있던 mp3에서 라틴계열의 노래와 춤곡이 흘러나온다. 집시 노래에서 붉은 원피스를 입은 소녀가 검은 모자를 쓰고 검은 슈트를 입은 남자와 춤을 춘다. 아코디언과 바이올린으로 연주되는 집시 무곡을 들으며 무의식 세계 속에 앉아 있는 어린 자신을 들여다본다. 어린아이가 지금의 그에게 말을 걸어온다.

안녕. 잘 있었니?

그도 안녕하고 인사했다. 사실 어린 그의 목소리는 들려오지 않았지만, 무의식의 심연에 쪼그리고 있던 어린 그가 무성영화 배우같이 입만 움직이고 있었다. 둘은 서로 친한 사람으로 다정하게 응시했다. 어제의 별들은 이미 황도대黃道帶 저편 우주 골짜기로 넘어갔다. 언젠가 무의식 속의 어린 그를 불러 내어 다시 마주할 기회는 있으리라.

　월요일 출근 시간대였다. 지호는 버스 정류장에 서 있었다. 아침 정류장은 그와 같이 어디론가 가기 위해 뛰는 사람들로 분주했다. 그는 버스 정류장 맨 끝 쪽에 서 있었다. 도로보다 조금 높은 그 위치에서 멀리 앞쪽을 바라보면 정류장은 기다란 선착장으로 보였다. 버스들은 작은 배처럼 승객들을 태우고 어디론가 떠나갔다. 연휴 마지막이었던 어젯밤을 늦게 보냈던 사람들이었을 것이다. 사람들은 겨울의 먼지를 털어내고 이제 해동을 준비하는 지상 위에 서 있었다. 얼음이 녹아가는 바다에서 리듬을 잃어버린 북극곰으로 어기적거리며 걸었다.
　겨울인데도 하늘은 미세먼지 때문에 종일 흐렸다. 해가 떴는데도 하늘은 종일 안개 낀 것같이 뿌연 했다. 일기예보에서 미세먼지 주의보를 여러 번 내보냈다. 쉬는 날 숙소를 청소하다가 걸레로 방충망 아래를 닦아보았다. 걸레는 연탄빛으로 까맣게 변해 있었다. 전에도 봄에 황사라는 말은 있었지만, 한겨울에 연이어 미세먼지 주의보를 발령하지는 않았다. 먼지는 겨울 하늘을 떠돌며 유령으로 회색빛 거리를 배회했다. 웨이신에 안개 낀 것 같은 뿌연 거리 사진을 먼저 찍어 올린 다음 글을 올렸다.

중국에서 날아온 미세먼지 때문에 하늘이 온통 어둡다. 거리에 마스크 행렬이 줄을 잇는다. 제발 저 미세먼지가 사라져 주길 빈다.

그런데 사진과 글을 본 웨이신 친구들이 문자를 보내왔다.

당신은 왜 하늘에서 먼지가 사라지길 바라나요?

아마도 글을 중국어 어법에 맞지 않게 쓴 것 같아요. 이해하기 어렵습니다.

거대한 나라, 인구 14억 나라의 미세먼지는 대륙 일부 지역에만 국한되는 것 같았다. 미세먼지는 한국과 인접한 북경시와 동북 3성, 산동반도 지역에만 해당되는 것으로 보였다. 타 지역 사람들은 미세먼지라는 말을 쓰지 않는 것 같았다. 지호가 문자로 교류하는 중국 사람들 중에 마침 동북지역 사람은 없었다. 동북, 산동 지방 이외의 사람들은 미세먼지라는 말을 실감하지 못하고 있었다.

버스에서 지하철로 환승하고 지상으로 올라왔다. 지하철을 타기 전까지는 비가 오지 않았는데 지금은 가랑비가 내리는 중이었다. 비는 허공을 갈랐다. 진눈깨비가 내리다가 다시 비가 내렸다. 지호는 겨울비가 내리는 모습을 보며 찬바람이 매섭게 이는 겨울 바다와 차가운 바다를, 떠나간 유람선을, 생각했다. 그녀에게 묻고 싶었다. 아직 가보지 못한 항저우 그녀에게 그곳도 비가 오는지 묻고 싶었다.

지하역에서 내려 휴일마다 늘 들리는 중고서점을 찾아갔다. 비가 그치고 햇살이 서점 남쪽 유리창을 통과해 들어오는 중이었다. 햇살은 자기가 보고 싶은 어떤 책을 찾기라도 하듯 문밖에서 서점 안을 기웃거렸다. 햇빛이 소소하게 들어오는 서점 안에서 밖을 내다보았다. 밖에는 잎이 모두 떨어지고 가지만 남은 겨울나무 몇 그루가 서 있었다. 해는 연립주택 지붕 위에서 미끄럼을 타고 내려오다가 연립주택의 갈색 벽에 꽂히는 중이었다.

초등학교 운동장에서 학생들이 재잘거리는 소리가 들려온다. 참새들 소리도 함께 들린다. 아이들의 맑은 웃음소리가 햇살과 섞여 낮은 포복으로 서점 안으로 기어들어온다. 아이들 웃음소리는 어릴 적 기억으로 들려온다. 아득해진다. 기분도 가라앉는다. 햇볕은 이제 오후가 되면 천천히 그늘을 찾아서 다시 어디론가 떠날 것이다. 아직은 서점 옆에서 따스한 온기를 나눠주고 있다.

재래시장의 위치는 서점 골목 맨 끝이었다. 지호가 서점에 가면 늘 시장 소리를 들을 수 있었다. 시장에서 외치는 고함소리가 들려와도 전혀 시끄럽지 않았다. 거부감이 들지 않았다. 어릴 때 시골에서 살았기 때문에 더 그런지 몰랐다. 조용한 집에 있을 때 시장에서 외치는 소리가 들려오면 흥분되고 좋았다. 마치 밥같이. 추억을 그곳에서 만났다. 시장 골목 끝 쪽으로 가면 작은 식당들이 쭉 늘어서 있었다. 칼국수나 자장면, 순대 국들을 파는 식당이었다. 가격은 대로변 식당보다 싸고 맛도 구수했다. 시장에서 식재료들을 구입해 만드니 푸짐했고 양념도 듬뿍 넣어 음식을 만들 터였다.

오후 네 시, 시장에서 행인들을 향해 호객하는 소리가 일제히 들려온다. 서점 건물 2층에서 그 광경을 내려다본다. 시장 골목상가에서 일제히 내는 고함소리를 들으면 바다 수면 위로 막 유람선이 올라오는 것 같다. 2층에서 내려다보면 선실 모양의 시장 골목상가에서 나는 고함소리는 남자 상인들이 낸다. 가게마다 취급하는 상품의 종류가 달라 고함소리에 경쟁이 없다. 목소리는 톤이 일정했고 갈라지지 않는다. 팔고 남은 채소나 과일을, 생선을, 같은 시간에 일제히 떨이하는 소리다. 그곳에 가면 늘 고향에 온 것같이 푸근하다. 시장의 고함소리가 지호를 코흘리개 어린 시절로 끌고 간다. 그곳은 지하철을 몇 번씩 환승해 가지만 길들 위에서 피로감이 없다.

시장 골목 빵집에는 대형 양은솥이 걸려 있다. 찐빵과 만두를 쪄내는 가게인데 큰 솥에서 하이얀 김들이 종일 뿜어져 나온다. 옆 가게에서 국화빵 굽는 냄새도 풍겨온다. 튀김을 튀기는 기름 솥은 나무주걱으로 휘젓는다. 찹쌀 도너츠, 닭튀김들이다. 먹거리는 시장 골목 끝까지 널려 있다. 지호는 그곳에서 언제나 유년의 기억과 만나곤 한다. 물건을 사러 오는 사람들은 대부분 시골 사람 차림의 서민들이다. 그곳엔 파스타, 내린 원두커피, 일식 요리 등 고급 요리 집은 보이지 않는다.

어릴 적 지호는 일찍 돌아가셨던 어머니 손에 이끌려 시장 구경을 다녔다. 어머니 손에 한참 끌려 가다가 다리가 아프다는 핑계로 길에 쪼그리고 앉았다. 다리가 아프다며 어리광을 부렸던 것이다.

엄마 국화빵 사줘.

조르면 어머니는 집으로 돌아올 때 국화빵 두 개를 사주곤 했다. 물론 갈 때마다 사주는 것은 아니었지만. 작고 뜨거운 국화빵이 조그만 손에 쥐어졌고 몇 번씩 나뉘어 입으로 들어갔다. 세상에 부러울 것이 없었다. 결국 국화빵 맛을 잊지 못하고 사고를 쳤다. 어머니에게 국화빵을 사달라고 며칠을 졸랐는데 어머니는 철이 없다며 사주지 않았다. 어머니가 철이 없다는 말을 했지만, 실은 아버지가 시골 농촌에서 중소도시로 갓 올라온 막노동자로서 일거리가 없을 때가 많았다. 상황이 어려워 집에 한 푼도 없을 때가 많아 요구를 들어주지 못했던 것이다.

초등학교 3학년 때였다. 아버지가 밤새워 야근하고 낮잠 잘 때였다. 벽에 걸어둔 아버지의 바지를 뒤졌다. 바지 속주머니를 뒤져 허리 부분 새끼주머니에 넣어둔 비상금을 훔쳤다. 동네 형과 함께 국화빵을 사 먹었다. 거슬러 받은 돈은 주머니에 넣어두었다. 어느 날 아버지가 학교 갔다가 돌아온 그를 불러 세웠다.

너 돈 훔쳐 갔지? 말하면 용서하고, 그렇지 않으면 맞는다.

몰라요. 안 훔쳐 갔어요.

거짓말을 했다. 아버지는 한 번은 넘어갔다. 꿀처럼 다디단 국화빵의 유혹을 참지 못하고 다시 돈을 훔쳤다. 아버지는 학교에서 돌아온 그를 방에서 나가지 못하도록 가둔 다음 바지 가죽 허리띠를 풀어 사정없이 때렸다. 온몸에 멍이 들도록 매를 맞았다. 허리띠는 그의 몸에 뱀 같은 검은 자국을 남겼고, 작은 몸에 평생을 보관하는 지문으로 죄의식을, 매의 기억을, 저장시켰다. 죽도록 맞고 나서 자백했다.

훔쳤어요. 국화빵 사 먹었어요.

그래, 매 맞으니 달아, 사탕처럼 달아?

안 달아요.

그래, 또 돈 훔칠 거야?

다시는 안 훔치겠다며 빌었다. 매는 국화빵같이 달지 않았다. 그런 푸닥거리를 하고 나서 돈 훔치는 버릇은 고칠 수 있었다. 매운 기억들이었다. 달콤한 국화빵 맛의 결과는 혹독했다.

지호가 매 맞고 밖으로 나왔을 때였다. 저녁 하늘에는 달이 떠 있었다. 달은 몸이 아픈 것처럼 보이는 반쪽의 달이었다. 그의 잠재의식 속에는 그때의 기억이 자리 잡고 돌아다녔다. 누군가 강하게 그를 짓누르거나 무리한 요구를 하면 반발하는 마음이 나오곤 했다. 얼마 전이었던가. 사무실로 알바를 다닐 때였다. 동료들과 종로 시장 골목에서 밥을 먹었다. 어느 날 야근을 해야 한다며 팀장이 순대국을 시켜놓고 막걸리를 샀다. 시장에서 어릴 적 추억인 국화빵도 사 먹었다. 이제는 떠난 어머니에게 국화빵을 사달라고 조를 수 없지만, 국화빵을 보면 매와 돌아가신 어머니 생각이 나곤 했다.

숙소로 가기 위해 다시 환승역에서 지하철을 갈아탔다. 지호가 빈자리에 앉으려 할 때였다. 건너편 좌석에 세 사람분의 빈 좌석이 보였다. 그런데 아무도 그 빈자리에 앉으려 하지 않는 분위기였다. 오후의 지하철 객차에 빈자리가 남아 있었다. 처음에 지호가 그 자리에 앉으려 했다. 허름한 차림의 아주머니가 손사래를 치며 앉지 말라고 부탁해왔다. 그 자리에는 빨간 티를 입은 키 크고 몸집이 스모 선수같이 뚱뚱한 친구가 앉아 있었다. 아주머니는 그 장애인의 보호자였다. 장애인은 이십대 초반쯤으로 보였다. 처음에 그는 좌석에 양반다리를 하고 넓은 자리를 차지하고 있었다. 그러다가 몸을 옆으로 돌렸다. 머리는 승객 쪽을 향하고 무릎은 좌석에 올려놓은 채 엉덩이를 들었다. 그런 자세를 취하자 자연히 세 사람분의 좌석이 그의 차지가 되었다. 귀에는 흰색 이어폰을 끼고 이어폰 줄에 연결된 흰색 핸드폰은 좌석 위에 올려놓은 채.

갑자기 그가 큰 얼굴을 핸드폰 위로 바짝 가져갔다. 몸은 엎드린 채 핸드폰을 노려보았다. 그리고 두 손바닥과 두 발로 단단한 금속 좌석을 교대로 두드리기 시작했다. 마치 박자를 맞추는 듯 규칙적으로 두드리며 고개는 좌우로 흔들었다. 몸은 무슨 사죄라도 하는 죄수 비슷하게 끝없이 앞뒤로 흔들어댔다. 마치 인도 무굴제국 무용수가 피리 소리에 맞추어 몸을 앞뒤로 흔들듯이.

지호는 건너편 좌석에서 졸다가, 깨다가 하고 있었다. 실눈을 뜨고 있을 때 컴컴한 전동차 유리창 밖을 바라보았다. 그런데 차량이 기이한 세계로 들어가고 있는 것이 아닌가. 갑자기 전동차 객차가 깜깜한 바다 위에 떠 있는 선실 내부와 닮아 보였다. 어둔 밤 파도를 헤치고 항해하는 배 선실에 앉아 있는 것같이 느껴졌다. 돌연 건너편 좌석에 있던 사내가 핸드폰 음악에 맞추어 흔들던 몸을 벌떡 일으켰다. 오른손으로 핸드폰을 들고 왼팔을 흔들며 객실 복도를, 아니 선실 내부를, 뛰어다니기 시작했다. 아마 핸드폰 음악이 빠른 템포로 바뀌자 몸이 음악을 따라가는 중인 모양이었다. 별안간 그가 소리를 지르기 시작했다.

와우, 야. 와우, 야.

그의 몸은 점점 음악 속으로 빨려 들어갔다. 그의 몸은 오선지의 음표로 뛰어다녔다. 그는 객실에서 랩 가수가 되어 두 손을 위로 올리고 좌우로 마구 휘저어댔다. 입으로는 알아듣기 어려운 소리를 비문처럼 중얼거리며 뛰어다녔다. 전철에는 키 크고 덩치가 커다란 그가 쿵쿵거리며 뛰는 소리만 요란하게 들려왔다. 지호도 쿵쿵거리는 그의 발소리에 깨어나 객차 안으로 되돌아왔다. 전동차량 바퀴 소리와 레일 마찰음 소리는 그의 발자국 소리에 눌려 아예 들려오지 않았다.

그가 얼마쯤 뛰어다녔을까. 그가 좌석으로 되돌아가 털썩 주저앉았다. 입가에서는 침이 줄줄 흘러내렸다. 침은 이제 그의 목 쪽으로 흘러내렸다. 눈도 점점 초점을 잃어가며 희멀건해져 갔다. 갑자기 그가 몸을 앞뒤로 움직이며 노 젓는 동작을 하기 시작했다. 그의 몸은 좌석 위에 분명히 존재했는데, 그의 눈에 승객은 보이지 않는 것 같았다. 그는 막 황홀한 세계 속으로 들어가는 중이었다. 그는 배를, 내항에서 항해하는 유람선을, 어둔 밤을 향해 힘차게 밀고 앞으로 나가고 있었다. 밤바다에서 매의 눈으로 기항지를 찾아가는 항해사같이 눈을 크게 뜨고 사방을 두리번거렸다. 그의 얼굴은 기대와 욕망으로 점점 일그러져 갔다.

어이, 좋아. 아, 좋아.

그의 커다란 얼굴은 이제 고통과 환희를 동시에 그려내고 있었다. 젊은 여자 승객들은 몸이 비대한 그의 이상한 행동을 보며 민망한 듯이 킥킥댔다. 남자 승객들은 별 희한한 친구 다 본다며 다른 곳을 쳐다보다가, 그쪽을 쳐다보다가를 반복했다. 그는 계속 자신만의 황홀경 속으로 빠져 들어갔다. 지호는 그의 행동을 보며 항저우로 떠난 그녀를 생각했다. 그는 자신만의 환상 속으로 들어가 아예 외부로 나올 생각이 없는 것으로 보였고 이제는 소리까지 질러대고 있었다. 그러다가 격렬히 흔들던 그의 몸을 멈추고 몸을 부르르 떨었다. 그는 이제 도착하기로 예정된 항구에서 정신이 돌아온 것으로 보였다.

그가 얼굴 가득 환한 표정을 지으며 만족하게 웃었다. 그는 자신이 떠나왔던 밤 항구를 다시 바라보는 것같이 초점 없는 눈으로 전철 안을 두리번거렸다. 그는 지하철에서 음악을 들으며 1인 행위 극을 보여주었다. 그는 '서번트 증후군'을 앓는 발달장애인이 아니라 훌륭한 연출자이자 연기자였다. 지호는 꿈만 꾸며 행동으로 옮기지 못하는 자신과 전혀 다른 삶을 사는 그의 연출이 부러웠다. 그가 장애로 표현하지 못하는 어떤 말이었든, 무모한 용기였든 부러웠다.

그의 행동에 자극을 받아 다시 백화점을 가보기로 했다. 일요일 저녁이라 백화점은 지난번보다 많이 붐볐고, 쇼핑을 하려는 사람들과 눈요기하려는 사람들 속에서 정신이 없었다. 지호가 용기를 내어 다시 백화점에 들어갔지만, 달라진 것은 아무것도 없었다. 그 동안 그의 지갑이 새로 채워진 것도 아니었다. 지하철에서 본 장애인의 용기 있는 행동과 지호의 현실은 달랐다. 휘청거렸다. 나갈 때는 지하역으로 들어가지 않고 1층 백화점 출구 쪽으로 다가갔다. 머리 쪽으로 씁쓸함이 밀려들었다.

*

　지호는 백화점 1층의 무겁고 커다란 회전문을 힘들게 밀며
밖으로 나왔다. 백화점에 진열된 화장품 가격들을 다시 구경
하고 나서 회전문이 더 무겁게 느껴졌다. 그는 검은 밤에, 반달
이 떠 있는 백화점 밖 광장에, 서 있었다. 광장은 네온 불빛으
로 휘황하게 번쩍거렸다. 공중에 떠 있는 달은 희미하게 보였
다. 어지러웠다. 갑자기 대형 백화점 건물 밖의 넓은 공간이 마
치 그가 아직 한 번도 가보지 못한 낯선 외국 항구도시같이 느
껴졌다. 그녀로부터 다시 전화가 왔다.

　화장품은 알아보았나요? 사실은 친한 친구가 생일선물로
남자로부터 한국 고급 화장품과 프랑스 화장품을 선물 받고 자
랑하는 것이 너무 부러웠어요. 그래서 전화한 것이에요.

　그녀 입장에서 친구가 남자로부터 선물 받은 고급 화장품
이 부러워 지호에게 화장품을 보내주길 바란 것은 이해할 수
있었다. 물론 그가 능력이 있다면, 그녀가 친구에게 느꼈던
부러움을 해소해 달라는 요구는 전혀 문제될 일이 아니었다.
문제는 자신에게 있었다. 생계비 근처에서 맴도는 알바 월급

으로 근근이 살아가는 그가 그녀의 부탁에 응하지 못하는 이유이고 결핍이었다.

그는 광장에 서서 밤의 백화점 건물을 올려다보았다. 외벽에 흰 타일을 붙여 신축한 거대한 백화점 건물이 눈에 들어왔다. 문득 조명을 받은 대형 백화점 건물이 흰 크루즈 유람선으로 보였다. 그는 네온의 빛더미 속에서 당황했다. 아마 백화점에서 비싼 고급 화장품 가격을 보고 나온 뒤라 기죽은 마음에서 그런 현상이 보인 것인지도 몰랐다.

광장에 서 있는 겨울나무들은 모두 꼬마전구를 전선으로 꿰어 만든 옷들을 입고 있었다. 나무들에게 작은 알전구로 만든 무대의상을 억지로 껴입혀 놓은 것같이 보였다. 수많은 나무들이 알전구 옷으로 촘촘히 껴입혀져 깜빡거렸다. 지호가 보기에 그런 모습은 알전구로 나무들을 전기 고문하는 것으로 보였다. 그는 광장의 나무들 앞에 서서 나무들이 알전구에 칭칭 감겨 억지로 빛을 내는 광경을 지켜보았다. 문득 나무들이 측은하다는 생각이 몰려왔다.

겨울나무들은 알전구의 열을 받아 조금은 따스해졌을 것이다. 찬바람이 불어왔다. 나무들은 영하의 바람이 불어올 때마다 고문을 당하는 것같이 몸을 부르르 떨었다. 문득 지호가 중학교 과학 실험시간 때 실험실 플라스코 용기에 누군가가 던져 넣었던 작은 개구리 생각이 났다. 냉혈동물인 개구리는 물이 서서히 데워지자 처음에는 분주히 헤엄치며 돌아다녔다. 개구리는 플라스코 내부의 물 온도가 점점 올라가자 이유도 모른 채 다리를 뻗고 죽어나갔다. 백화점 앞에 서 있는 나무들도 그때의 개구리와 같은 처지라는 생각이 들었다. 그는 화려한 도시의 광장에서 소외된 존재처럼 우두커니 서 있었다. 자신도 역시 광장의 나무들같이 알전구로 온몸을 칭칭 감겨 서 있는 것 같았다. 그의 몸은 저 휘황한 도시의, 백화점의, 거대 자본에게 고문당하다가 결국은 개구리같이 서서히 마비되어 갈지도 몰랐다.

그녀의 요구를 곰곰이 생각해 보았다. 그녀의 바람에 응하지 못하는 자신이 씁쓸해졌다. 몸이 조금씩 떨려왔다. 마치 전기 고문을 당하는 나무들같이, 그의 몸으로 알전구들의 전류가 흘러들어오고 있었다. 지하역으로 걸어가다가 뒤돌아보았다. 갑자기 백화점 밖 광장이 선착장의 광장과 오버랩 되어 보였다. 바로 그녀가 떠났던 그 선착장, 겨울의 선착장이었다. 다시 온몸이 떨려왔다.

지호는 지하역 입구 속으로 빠르게 내려갔다. 마치 지하역 입구가 커다란 유람선 입구로 통하는 계단인 것같이 뛰어 내려갔다. 그는 떠나는 배를 잡기 위해 뛰었다. 아니 그녀의 요구에, 욕망에, 저항하듯 도망쳤다. 광장의 나무에 칭칭 감겨 있는 수천 개의 알전구들이 그를 비웃는 것 같았다. 무수한 알전구들이 거대한 한 개의 입으로 모아져 커다랗게 웃고 있었다. 그가 유람선의 입구로 들어가려는 모습이 그녀 욕망의 입구로 들어가는 것 같은 느낌이었다. 하늘을 올려다보았다. 하늘에는 허기진 반달이 떠 있었다. 순간 그는 달의, 아니 그녀 욕망의 입구로 들어가고 있었다.

유목민과 쇠망치고수

왜 저렇게 힘들게 걷고 있을까? 정우가 가을 햇볕을 가득 받고 있는 해외 명품 상가 앞을 지날 때였다. 유리창 전면에 붙어 있는 사진 모델들은 모두 쫓기는 유목민처럼 걷고 있었다. 사진을 보자 문득 궁금증이 들기 시작했다. 사진에서 비쩍 마른 모델들이 모두 디오르(Dior), 헤르메스(Hermes) 등 해외 유명 브랜드 옷을 걸치고, 가방을 멘 채 이해할 수 없는 자세로 걸어갔다. 모델들은 하나같이 갈색 가죽 털옷과 갈색 가방을 메고 얼굴은 갈색 물감으로 칠한 채 어깨 속으로 푹 집어넣었다. 허리는 구부정하게 숙이고 양손은 상의 자켓 주머니에 끼워 넣은 채 한 줄로 나란히 서서 발끝으로 걸어갔다.

지나가던 행인들도 호기심이 가득한 얼굴로 사진을 바라보곤 했다. 정우도 역시 마찬가지였다. 그 사진은 누군가가 사람들의 관심을 끌고 싶거나, 무엇을 자랑하고 싶은 마음에 걸어놓은 것일까? 아니면 발끝으로 걸을 수밖에 없는 어떤 상황을 걸음걸이로 표현했던 것일까? 누구에게는 그녀들의 모습이 긴 회랑을 들키지 않고 몰래 걸어가는 모습으로 보일지 몰랐지만, 누군가는 오직 공포에서 벗어나기 위해 발끝을 세우고 필사적으로 걸을 수밖에 없던 이유가 있었다. 오직 두려움에서 벗어나기 위해 그런 식으로 걸어야했던 기억이었다.

정우는 상가 앞을 지나 집 방향으로 가기 위해 지하도를 건넜다. 그가 지금 사는 아파트로 이사한 지는 2년쯤 되었을까. 현재 아파트로 입주하기 전에 이사를 다닌 횟수는 정확히 기억이 나지 않았다. 그의 이사 이력은 주민등록 초본을 발급받아 일일이 체크해 보아야만 알 수 있을 정도였다. 아마 스무 번 이상이 되었을 것이다. 아예 이삿짐 박스를 풀지 않고 마루 한쪽 구석에 쌓아 두었던 적도 있다. 언제든 마음 편히 떠나기 위해서였다. 주인집에서 월세나 전세금을 올려달라고 하면 군말 없이 떠났다. 월세부터 시작해 반 전세에서, 온 전세로, 시간이 흘러가며 정우 사정은 조금씩 나아졌다. 가장 빠른 이사는 두 달 만에 한 적도 있었다. 이사하자마자 주인집이 팔렸기 때문이었는데, 그런 경우에는 주인집에서 이사 비용을 대주어 이사할 만했다.

정우는 늘 주변에 이사 이야기를 할 때마다 마치 끝이 보이지 않는 초원에서 유목민이 게르를 옮겨 다니듯 이사 다녔다고 했다. 사실은 이사하는 것을 일상 행사로 여기며 살아왔다. 이사하는 것에 대해 불편을 말하지 않았다. 이사한 뒤에 조금 살다가 개발 붐이 일어나 이사한 적도 몇 번 있었다. 집주인들은 으레 개발 소문이 퍼지면 전세금을 올리곤 했다. 삶이 지루할 때는 오히려 떠나는 것이 좋았다. 모두 잊고 이삿짐 트럭을 앞세우고 유목민처럼 이동했다. 정우는 결혼 전부터 형의 권유로 주택 청약부금을 붓기 시작했고 청약부금에 가입한 지 7년 만에 청약에 당첨됐다. 지금 사는 아파트였는데 바로 입주하지는 못했다. 일단 전세로 놓았다가 아파트를 담보로 추가 대출을 받아 전세금을 반환해 주고 입주했다.

한밤중에 어디선가 두드리는 소리가 날카롭게 들려왔다. 시간을 보니 새벽 두시 반이었다. 아래층 어딘가에서 쇠망치 같은 단단한 도구로 자기 집 천장을 두드리는 소리 같았다. 망치 소리는 멈추지 않았다. 마치 천장을 부수는 공사라도 하는 것 같이 빠르게 때렸다. 반 시간을 참았다. 새벽 세시에 1층 경비원에게 연락하기 위해 급히 일어났다가 허리가 뜨끔해왔다. 왼팔로 허리를 지탱하고 인터폰을 들었다.

아래층에서 소음이 심하게 나는데 한 번 알아봐 주세요.

나도 어이없어요. 지금 소음 신고가 다섯 가구에서 들어왔어요. 소리 나는 진원지를 한 번 찾아볼게요,

하며 인터폰을 받았다. 잠시 후 경비원이 집으로 올라와 두 사람이 함께 소리를 들어보았다. 소리는 멈추지 않았다. 경비원이 1층 근무지로 내려간 뒤에도 소리는 계속 들려왔다. 네시경, 경비원에게 인터폰으로 파출소에 신고해 달라고 부탁했다. 경비원이 소음 신고는 피해자가 직접 신고하는 것이라며 신고하라고 알려왔다. 정우가 112에 신고하자, 경찰관 두 사람이 집으로 왔다. 여전히 쇠망치 두드리는 소리는 들려왔다. 아

파트 경비원은 경찰관들이 나타나자 그제야 머리를 긁으며 아래층 집으로 내려가 확인해 보겠다고 했다. 경비원이 다시 올라왔다.

내려가서 아랫집 벨을 수십 번씩 눌러도 문을 안 열어 주데요.

경비원이 하는 말을 듣고 난 경찰관이 거들었다.

이런 소음은 우리 경찰 소관이 아니고 '층간 소음 환경조정 분쟁위원회' 소관입니다. 우리는 이만 돌아가 볼게요, 하며 가버리는 것이었다.

궁금했다. 누가 새벽에 4시간 동안을 쇠망치로 자기 집 천장을 두드릴까? 이유가 무엇일까? 신이라도 들렸나? 공사도 하지 않는데 자기 집 천장을 두드리는 까닭을 도저히 알 수 없었다. 다음날 정우가 지구대에 소음 해결 민원을 제출하기 위해 서류를 만들었다. 우선 지구대로 가기 전에 관리실 직원이 가져온 소음 측정기로 정우 발자국 소리를 측정해 보았다. 그 아파트는 1991년도에 건축 허가되었지만, 허가받은 건설 업체에서 시공을 오랫동안 보류해 오다가 5년 전에 공사를 마치고 준공된 아파트였다.

법제처 홈페이지에서 소음 관련 규정을 찾아보았다. 층간 소음 측정 방식은 1991년도에 허가된 아파트 경우 '환경부장관이 고시하는 소음진동 관련 공정시험기준'에 따라 소음 최대치가 주간에 62 데시벨, 야간에는 57 데시벨이었다. 소음 측정기로 정우의 발자국 소리를 측정했다. 여러 번 측정해도 정부 고시 기준 데시벨의 30% 범위 이내였다. 1층으로 내려갔다. 교대하고 가려는 경비원을 만났다. 경비원은 어젯밤 다섯 집에서 소음 민원이 접수되었다며 자신이 증인으로 지구대까지 동행해 주겠다고 했다. 지구대가 집으로 가는 방향이라고도 했다. 경비원 말이 하도 고마워 그의 의견을 물어보았다,

먼저 망치로 두드린 사람이 누구였는지 한 번 확인해 보고 가는 것이 어떨까요?

경비원도 당연히 그래야죠, 하며 찬성했다. 경비원이 아래층 집의 벨을 눌렀다. 벨을 누르자 갑자기 조폭같이 험악하게 생긴 덩치 큰 사내가 현관문을 벌컥 열어 제켰다. 사내는 마치 두 사람을 기다리고 있었다는 듯 식식거리며 맨발로 튀어나왔다. 갑자기 사내가 입고 있던 티셔츠를 훌렁 벗어 복도로 내던졌다. 그러더니 경비원과 정우를 노려보며 한바탕 욕을 해대기 시작했다. 사내의 굵은 어깨와 팔 전체에는 뱀 문신이 커다랗게 그려져 있었다. 잔인하게 그려진 뱀눈과 날름거리는 뱀 혀를 보여 주는 모습에 소름이 끼쳐왔다. 정우가 사내에게 물었다.

저기요, 어제 새벽에 망치소리가 이 집에서 난 것이 맞습니까?

그래 새끼야, 내가 천장 두드렸다. 그래 어쨌다는 거야?

들어와 봐.

사내가 그의 팔을 확 잡아끌었다. 사내 입에서 술 냄새, 입 썩는 냄새가 동시에 풍겨왔다. 정우는 집 안으로 끌려 들어갔다. 사내가 입을 요란하게 비틀며 턱으로 자기 집 천장을 가리켰다. 천장은 사내 쇠망치에 얻어맞아 수백 군데가 패어져 있었다. 무려 네 시간 동안을 두드려 맞은 천장은 밤새 고통으로 몸부림쳤을 것이다. 사내의 마루에는 천장에서 떨어져 나간 시멘트 조각들이 수북이 널려 있는데도 치우지 않았다. 갑자기 사내가 징그럽게 웃으며 말을 걸었다.

어때? 내 망치 실력이 어떤지 한 번 보여줄까? 히히히.

사내가 뱀 문신한 커다란 몸을 흔들며 식식거리더니 벽장 안으로 들어갔다. 망치를 꺼내 와서 정우 코앞으로 들이밀었다. 사내의 망치는 못 빼는 앞부분이 모두 안으로 우그러져 들어가 있었다.

봐 임마, 망치가 이렇게 우그러졌는데 내 손이 어떻게 되었겠어. 엉?

사내가 손바닥을 확 펴 진호 얼굴로 들이밀었다.

이봐, 나는 전과자야. 사내가 다시 망치를 집어 들었다. 사내 눈동자가 정신질환자 눈처럼 전후좌우로 마구 돌아갔다. 순간 공포가 밀려왔다. 정우가 경비원과 얼른 문밖으로 나가자 사내가 뒤따라왔다. 급히 엘리베이터 1층으로 도망갔다. 사내는 다음 엘리베이터로 1층으로 내려와 계속 식식댔다.

내가 정신병원 10년 동안 다녔어. 나 전과자야. 나는 매일 현금이 억수로 들어와. 넌 돈도 없지. 엉?

사내에게서 다시 입 썩는 냄새와 술 냄새가 동시에 풍겨왔다. 완전히 미친 사람이었다. 사내가 오른팔을 올리고 때릴 듯 노려보며 말했다. 니가 시끄럽게 발자국 소리를 내서 내가 잠 못 잤어. 너 때문에 잠 못 잤어, 하며 식식댔다. 정우가 기어들어가는 소리로 사내에게 말했다.

내 몸무게가 60킬로고, 와이프는 40킬로 조금 넘어요. 아이도 없는데 무슨 발소리가 나. 상식적으로 소리 낼 일 없어요.

순간 긴장감이 흘렀다. 경비 직원이 고맙게도 중재를 나섰다. 저 사람이 정신과 적으로 문제가 있는 것 같으니 그만 화해하시죠, 하며 긴장된 분위기를 가라앉혔다. 정우 집에는 아이가 없고 아내와 둘이서만 살았다. 아내가 집에서 부업으로 댄스학원이나 요가학원을 하는 것도 아니었다. 실내에서는 두터운 슬리퍼를 신었다. 발소리가 날일이 없었다. 정우는 경비원 말대로 사내의 기에 질려 그만두기로 했다. 한참을 떠들던 사내가 엘리베이터를 타고 올라가려다가 멈추고는 눈을 위로 까뒤집더니 다시 소리 질러대기 시작했다.

너, 한 번만 더 발자국 소리 들리면 밤새도록 천장 두드려 잠을 못 자게 할 거야. 알았어? 엉?

사내는 주먹을 쳐들고 눈알을 부라리며 엘리베이터 안으로 들어갔다.

　새벽 세시 반이다. 아래층에서 다시 쇠망치로 천장을 두드리는 소리가 들려온다. 두드리는 소리가 박자에 맞는다. 쇠망치 두 개로 두드리는 것 같다. 마치 소극장에서 식칼로 도마를 난타하는 공연 소리같이 들려온다. 세게 두드리다가 약하게 두드리다가를 반복한다. 한 시간쯤 지나자 염불 소리와 목탁소리가 함께 들려온다. 염불 카세트테이프를 크게 틀어놓은 것 같다. 정우는 그 소리가 '우버'라는 기계장치에서 나는 소음이라는 것을 나중에 알았다. 우버는 다른 이들을 괴롭힐 때 사용하는 기계라 했다. 사내는 이제 신이 난 것 같다. 염불소리에 박자를 맞추어 쇠망치를 두드려 보니 스님 된 기분도 들 것이다. 마하바라 마하바라, 마하바라 밀타, 염불 외는 소리와 망치소리가 끈질기게 들려온다. 다시 112에 신고한다.

　정우는 어렸을 때 시골 벽촌에서 자랐다. 리 단위에서 산골짜기로 한참을 더 들어가는 궁핍한 마을에서 태어나고 자랐다. 여섯 살 무렵 아버지가 옮긴 임시 직장을 따라 소도시로 이사했다. 이사 가기 전, 다섯 살 여름 때였을 것이다, 어느 날 할머니가 돌아가셨다고 했다. 엄마에게 할머니가 왜 죽었는지 물어보자, '영양실조로 가셨다'며 한 마디로 정리해 주었다. 그때 정우 생각에 할머니가 걸린 영양실조라는 병은 무서운 병이라고 짐작했다.

궁핍한 시골에서 60을 넘기면 장수한다고 할 때였다. 할아버지는 60을 넘기지 못해 세상에 미련이 남아 눈 뜨고 누워 있는 할머니의 입을 열었다. 작은 아빠가 군대 제대할 때 가져왔다는 군용 스텐 수저에 쌀을 고봉으로 담아 할머니 입으로 가져갔다. 저승길 갈 때 배곯지 말라는 이별식離別食이라 했다. 할아버지가 손을 떨며 죽은 할머니 입을 열고 쌀을 흘려 넣었다. 쌀의 절반은 죽은 할머니 입에 들어갔고, 절반은 할머니가 아직 이 세상에 미련이 남아서 그런 것인지 바닥으로 흘러내렸다. 정우는 무서움이 밀려와 발끝으로 살금살금 걸어 나왔다.

초여름 삼일장이었다. 어른들이 시골집 마당에 흰 광목으로 차일을 쳤다. 늘 혼자 우두커니 서 있던 펌프 옆에 임시 아궁이가 만들어졌다. 돌을 쌓아 그 위에 무쇠 가마솥을 올려놓고 솥뚜껑을 뒤집어 솥 위에 얹어놓았다. 솥뚜껑에 기름칠을 한 다음, 호박전, 두부전을 지졌다. 순간, 마당은 흐린 날 해 뜬 시장 골목처럼 힘껏 기지개를 펴며 일어났다. 지진 전은 구멍 난 구멍에 헝겊을 덧대어 꿰맨 소쿠리 안에 쌓아 뒀다. 절편은 흰떡을 나무틀에 넣고 꾹 눌러 만들었는데, 떡에는 윤기가 반질반질 나도록 참기름을 발랐다.

참기름 향이 차일 친 마당을 몇 번이고 돌았다. 참기름 향에 현기증이 올라왔고 입안에서는 침이 고였다. 작은엄마가 절편 하나를 쥐어주었다. 작은엄마 입모양을 따라 한두 번 씹 다가 삼켰다. 씹지 않고 삼킨 것 때문에 체했는지 앞이 노래 졌다. 일하던 어머니가 불렀다. 또 절편 하나를 주셨다. 안 먹 는다고 고개를 돌리자, 애가 호강이 넘쳤나봐, 왜 그래? 하며 갑자기 미끌미끌한 떡을 입에 물렸다. 떡을 물고 도망가는데 작은엄마가 절편 하나를 들고 쫓아왔다. 입에 든 떡을 길에 뱉어내고 바깥 도로까지 달아났다. 작은엄마는 따라오는 척 하더니 소리만 질러댔다.

너 이리 안 와? 죽을래?

도로는 마을을 관통하는 유일한 길이었다. 어른들은 새로 난 길이라며 신작로라 불렀다. 가끔 짐을 가득 실은 낡은 트럭 이 굉음을 내며 그 길을 통과했다. 길 위에서 트럭 뒤꽁무니는 휘발성 가스를 뿜어댔다. 강 안개를 닮은 푸른빛 배기가스가 도로 위를 덮어갈 때, 아이들은 불나방이 되어 연기를 따라 달 렸다. 트럭을 따라가며 가스 냄새를 맡으면 어질어질했다. 아 련해 좋았다. 아이들은 혀가 얼얼해져 말을 할 수 없었다. 할아 버지가 배 아플 때 고약처럼 생긴 양귀비 덩어리를 조금 떼어 먹인 것같이 동공이 풀리고 기분이 묘해졌다.

새벽 세시다. 다시 쇠망치로 천장 두드리는 소리가 들려온다. 소리는 오늘따라 강하다. 사내는 술을 진하게 먹었을 것이다. 술의 힘으로, 만취의 기분으로 두드릴 것이다. 고대 전투에서 북 치는 고수가 전사들을 독려하듯 강렬하게 두드린다. 어릴 때 보았던 굿판에서 고수가 북을 두드리듯, 쇠망치 소리가 고막을 친다. 아니 심장을, 머리를 친다. 사내는 아주 신이 난 모양이다.

이제는 망치 소리만 들어도 사내 기분을 안다. 노래를 부르며 두드릴지 모른다. 쇠망치로 박자를 맞추며 끊임없이 두드린다. 리듬이 맞는다. 강하게 두드리다 약하게 두드리기를 반복한다. 정우가 일어난다. 1층 경비원에게 인터폰을 하러 마루에 나와 본다. 와이프가 먼저 나와 있다. 아내가 인터폰을 한다.

망치소리 때문에 도저히 잠을 잘 수가 없어요. 올라와 봐주세요.

경비원이 올라온다. 처음 보는 경비원이다. 경비원은 얼굴과 귀가 다른 사람과 비교할 때 특이하게 긴 사람이다. 경비원이 마루에 엎드려 귀를 바짝 대고 들어본다. 쇠망치 소리에 귀가 아픈지 마루에서 귀를 얼른 떼었다가 다시 댄다. 아마 새로 온 경비원은 무슨 일이든 자신이 직접 듣고 확인해야만 인정하는 사람인 것 같다. 경비원 규정을 철저히 숙지하고 이행하는 직원으로 보인다. 경비원이 귀가 얼얼한지 귀를 만지며 결론을 내린다.

이 정도의 소음이면 나도 도저히 잠잘 수 없겠네요. 이제야 댁에서 신고한 이유를 알겠네요. 어떻게 할까요? 112에 신고해야 할 것 같은데.

다시 더위가 찾아왔다. 상복을 입은 아버지가 동네 어른들과 상여를 메고 대문을 나섰다. 어른들은 행진가를 부르듯 끝없이 어이, 어하를 부르며 산으로 올라갔다. 할머니 장례식은 그해 초여름과 함께 끝났다. 할아버지가 제사 지낸 돼지고기 몇 조각을 정우에게 주었다. 피가 밴 고기를 먹고 몇 달 동안 시름시름 앓았다. 뼈만 남아 미이라같이 말라갔다. 외진 곳이라 병원이 없었고, 돈이 없어 먼 병원에 갈 수도 없었다.

할아버지가 이웃 마을에서 굿꾼을 불러왔다. 할아버지는 한지를 길게 잘라 풀로 대나무에 붙였다. 무당이 주문한 신장神將대라는 무구巫具였다. 저녁을 먹고 시작한 굿은 밤새도록 이어졌다. 무당은 발끝을 들고 방을 빙빙 돌았다. 무당은 지치지도 않고 이 방 저 방을 돌았다. 굿은 정우 머리맡에서도 이어졌다. 무당의 주문은 알아듣지 못하는 비문秘文으로 더운 여름밤을 관통해 빠져나가고 있었다. 정우는 누운 채 안개 낀 날 장다리 꽃밭에서 나풀거리는 흰나비의 날갯짓으로 흔들리고 흔들렸다. 이해할 수 없는 주문은 끊어지지 않고 여름밤을 뜨겁게 건너갔다. 순간 정우 몸에서 생 땀이 솟기 시작했다. 엄마에게 배가 많이 아프다고 하자, 엄마가 부축해 변소로 데려갔다. 아래쪽에서 무엇이 왈칵 쏟아져 내려왔다. 발끝을 들고 쳐다보니 긴 갈색 생명체였다.

엄마, 배에서 뱀이 나왔어.

아이 배에서 큰 촌충이 나왔다. 이제 병이 다 나았다!

아버지는 할머니가 살아 돌아온 것같이 소리를 질러댔다. 정우는 뱃속에 들어 있던 외계 생명체 같은 갈색 촌충을 쏟아낸 다음 병이 나았다. 다섯 살의 시간은 그렇게 흘러갔고, 다시 아이들과 도로에서 뛰어놀았고, 영양실조 병에 걸려 돌아가신 할머니를 생각했다.

*

새벽 세시 반이다. 아래층 사내가 다시 쇠망치로 천장을 두드린다. 한밤에 듣는 쇠망치 소리는 꿈결에서 듣는 소리와 비슷하다. 마치 축제 때 두드리는 타악기 소리로 들려온다. 잠시 멎었다가 다시 들려온다. 아래층에서 식탁 같은 무거운 가구를 직직 끌고 다니는 소리도 들린다. 사내는 이제 신이 난 것 같다. 마루 이곳저곳으로 옮겨 다니며 두드린다. 정우가 비몽사몽 속에 일어난다. 비틀거린다. 경비실에 인터폰으로 신고하기 위해 마루로 나간다. 인터폰을 받은 경비원은 귀찮아하는 내색이 짙다. 자다가 깬 목소리로 투덜거리며 알았다고 한다.

고향집에서 면사무소로 가는 방향으로 철길이 놓여 있었다. 철도 침목을 건널 때면 강한 콜타르 냄새가 올라왔다. 뜨겁게 달구어진 여름 해가 머리 위에서 쏟아져 내렸다. 콜타르 냄새는 트럭 꽁무니에서 뿜어 나오는 배기가스 냄새와 비슷했다. 아득했다. 콜타르 냄새에 취해 철로 위를 아슬아슬하게 다니며 놀았다. 뜨거운 태양에 녹은 콜타르 냄새에는 아이들을 지치지 않게 하는 어떤 성분이 들어있는 모양이었다.

아래층에서 천장 두드리는 소리가 들린다. 새벽 두시다. 잠을 깨고 들어보니 오늘은 두드리다가 멈추다가를 자주 반복한다. 사내가 힘들어하는 것 같다. 잠시 쉬면서 술을 마실까? 아마 흠뻑 마셔야 힘이 덜 들 것이다. 아래층 사내가 다시 식탁을 옮기는지 바닥 끄는 소리가 들린다. 그렇지, 식탁 위에서 두드려야 넘어지지 않고 편할 것이다. 사내가 천장을 두드리면 사내 처는 도저히 잠잘 수도 없을 터인데 어디에 있을까. 사내는 조폭같이 사납게 발광하는데 함께 집에 있을까? 저렇게 쇠망치 소리가 시끄러운데 말리는 사람이 아무도 없을까?

마을에서 장을 보려면 강을 건너야 했다. 나룻배는 언제나 강 건너편에 혼자 누워 있었다. 뱃사공도 강 건너 오두막에서 혼자 살았다. 사공이 하는 일이라고는 매일 낮잠을 자는 일이었다. 사공은 어른들이 어이 사공, 사공 하며 한참을 불러대야 움막에서 기어 나왔다. 허리춤을 다시 추스르며 마치 노를 젓듯 어기적거리며 나왔다. 배를 타려면 뱃삯을 내야 했다. 아니면 추수철에 사공에게 쌀이나 보리를 바쳐야 했다.

가난한 동네 사람들 대부분은 뱃삯을 내지 못했다. 배를 타지 않고 장터로 가려면 멀리 돌아 철교를 건너야 했다. 철교 이름은 지탄교池灘橋로 교량의 진입 부분에서 끝나는 부분까지 100미터가 넘는 대형 철교였다. 형들은 철교를 건너지 못하는 아이는 아예 무시했다. 함께 놀아주려 하지 않았다. 정우는 늘 철교 근처까지 형들을 따라갔지만 입구에서 멈추어 서 있어야만 했다. 철교를 뛰어가는 형들과 작별하고 힘없이 집 으로 돌아오곤 했다.

새벽 두시 반이다. 아래층 사내가 또 천장을 두드린다. 지금 까지 모두 서른 번이 넘는다. 잠시 쉬었다가 다시 쇠망치로 천 장을 두드린다. 새벽 세시 반이다. 참아보자고 하지만, 화가 난 다. 인터폰으로 1층에 신고한다. 경비 직원이 올라와 쇠망치 소리를 듣는다. 직원이 마루에 핸드폰을 놓고 망치소리를 녹음 한다. 녹음했던 소리를 들려준다. 핸드폰에서 빠져나오는 소 리는 정우가 직접 마루를 쇠망치로 두드리는 소리보다 더 크게 들려온다. 경비 직원이 소감을 말한다.

아무래도 112에 신고해야 할 것 같네요. 아래층에 내려가 아무리 벨을 눌러도 문을 열어주지 않아요. 도대체 말이 안 통 하는데 아무 방법이 없지 않나요? 피해자가 직접 신고하세요.

정우가 112에 신고한다. 아래층에서 쇠망치로 천장을 두드 리고 있습니다. 무섭고 잠잘 수가 없습니다.

왜, 오밤중에 자기 집 천장을 두드리나요? 무슨 공사 하나? 한 번 내려가서 확인해 보세요. 한밤중에 공사도 안 하면서 왜 천장을 두드린다고 하지? 이해 안 가네.

상황실 근무 경관은 도저히 이해가 안 간다고 말한다. 정우가 말한다.

　아래층 사람은 몸에 문신을 하고 덩치 큰 조폭같이 생겼어요. 무서워 내려갈 수 없어요. 빨리 와서 도와주세요.

　경찰관 다섯 명이 출동했다. 사내 몸에 문신이 있다는 말을 듣고 경찰들도 걱정이 된 모양이었다. 경찰들이 안으로 들어와 요란하게 두드리는 쇠망치 소리를 들어본다. 체격 좋은 반장이 부하 순경에게 지시한다.

　별 미친 놈 다 보겠네. 김 순경, 이 순경, 아래층에 내려가 물어봐. 왜 새벽에 천장을 두드리는지 이유를 물어봐.

　젊은 경찰 두 사람이 차렷 자세로 반장에게 복창한 다음 경비원과 함께 나간다. 반장이 말한다. 우리가 출동해서 보면 이런 경우를 가끔 보는데 이건은 우리 경찰 소관이 아니예요. '층간 소음 분쟁 조정위원회' 소관이에요. 위원회에 정식으로 민원을 넣으세요. 그쪽 사람들이 출장 나와 소음 측정도 해보고 판단해야 할 것 같아요.

　반장님, 고의적으로 위층 잠을 못 자게 한다며 새벽에 천장을 서너 시간씩 두드리는 것이 어떻게 위원회 소관입니까? 지금까지 서른 번이 넘습니다.

　반장은 아무 답변을 하지 못한다. 아래층에 내려갔던 젊은 경찰들이 다시 올라온다. 반장님, 20분 동안 벨을 눌러도 문을 안 열어줍니다. 5시 반이 되자 망치소리가 멎는다. 경찰관은

이제 소음도 안 들리니 우리는 철수해야겠습니다. 다음에 또
두드리면 그때 다시 신고하세요.

*

누가 아파트 출입문 벨을 연속으로 누른다. 일요일 밤이다. 새벽 한시쯤 되었을까. 깜빡 잠들었을 때다. 벨소리와 문을 발로 차는 쿵쿵 소리도 동시에 들려온다. 현관문 구멍으로 밖을 내다본다. 아래층 사내가 웃통을 벗고 뱀 문신이 가득한 몸을 흔들어대며 서 있다. 손에는 기다란 회칼을 들고 있다. 정우가 아직 완전히 잠이 깨지 않았을 때다. 문득 다섯 살 때 논두렁길에서 만난 뱀 생각이 떠오른다. 정우가 어린 시절로 돌아간다. 100미터가 넘는 고향 철교 앞에서 느꼈던 공포감이 다시 밀어닥친다. 논두렁을 지난다. 철로를 건넌다. 철도 침목에서 콜타르 냄새가 풍겨온다. 콜타르 냄새가 환각작용을 일으킨다. 기분이 묘해지며 덜덜 떨려온다.

야, 이 새끼들아, 내가 너거들 내장을 전부 발라내야 내 말 알아듣겠어? 나와, 오늘 너거들 전부 걷어버린다. 이거 나를 우습게 보는 거 아니야, 이런 씨발 놈들이?

사내가 칼을 휘두르며 난동을 부린다. 사내는 술이 잔뜩 취해 있다. 술주정이 하고 싶으면 올라오는 것 같다. 문을 발로 찬다. 112에 신고한다. 사내는 신고한 뒤에도 계속 벨을 누르며 난동을 피운다. 남자 경찰관과 여자 경찰 두 사람이 출동했다. 경찰관이 사내에게서 칼을 빼앗으려 한다. 사내는 칼을 뺏기지 않는다. 사내는 술이 취한 상태다. 완전 주폭이다. 문을 열고 나가본다. 사내가 계속 난동을 핀다. 경찰관은 사내가 식칼을 들고 뛰는데도 체포하지 않는다. 무전으로 지구대에 보고하지도 않는다. 사내가 경찰관에게 말한다, 저 새끼들 돈도 없는 거지새끼들이 나한테 까분다고 한다. 내가 버르장머리를 고쳐놓는다고 한다. 정우가 경찰관에게 항의한다.

왜 저 사람 연행해 가지 않나요?

식칼 회수하면 되지 않나요? 내일 다시 와서 남자와 이야기해 볼게요.

저 남자가 조금 후에 다시 올라와 협박하면 어떻게 합니까?

그럼 고소하세요. 고소하면 아마 조사할 겁니다.

출동한 지구대 경찰은 무책임하게 처신했다. 아마 형사사건으로 입건하면 처리하는 절차가 귀찮아 그런 것 같았다. 적당히 시간만 때우고 종결 처리한 다음 마무리 하려는 것으로 보였다. 다음날 1층 경비원에게 물었다. 어제 출동했던 경찰관은 주폭이 협박한 '증거물 1호'인 식칼을 1층 경비실에 보관하고 돌아갔다고 했다. 내일 그 집에 돌려주라 했다는 것이다. 정말 무사안일한 경찰이었다.

다음날 정우가 일찍 경찰서에 협박 사건 민원을 제출하기 위해 관할 경찰서 민원실로 찾아갔다. 전화로 신고했던 '112출동 상황기록부'와 '근무상황일지'의 사본을 〈공개정보 청구〉 신청했다. 아래층 사내의 협박 사건을 경찰서에 민원으로 신고하기 위한 증거 자료로 첨부하기 위해서였다. 오후 다섯시 경, 경찰서 민원실에서 전화가 걸려왔다. 정우가 신청한 〈공개정보 청구〉 문건을 찾아가라는 전화였다. 민원실 순경이 서류를 내주었다. 그런데 정우가 받은 '112출동 상황부'와 '근무상황일지' 사본에는 어젯밤 아래층 사내가 칼을 들고 난동 부린 사건 내용이 전혀 기록되어 있지 않았다. 단 한 줄만 기록되어 있었다. '아래층에서 누가 올라온다 함' 이 전부였다. 주폭이 한밤중에 현관문으로 쳐들어와 식칼을 들고 정우 가족들에게 살해 협박을 하며 난동을 부린 사건의 기록 자체가 전혀 없었다.

사건을 어떻게 처리했다는 결과 내용도 없었다. 출동한 경찰관은 무슨 이유인지 모르겠지만 자신이 출동하고 기록하는 112출동 결과 서류에 사건 내용을 모두 누락시켰다. 출동 경찰관은 사건을 은폐한 것 같았다. 출동한 경찰관이 직접 해당 사건을 조사하는 것도 아니라고 들었다. 파출소 직원은 협박범을 경찰서로 이송 처리하고 조사하도록 위임하면 임무가 끝난다고 들었다. 경찰은 그런 위임 절차 자체도 귀찮아 사건을 아예 덮어버린 것 같았다.

아내는 무섭다며, 어서 이사 가자며, 졸랐다. 아내에게 졸리다 못한 그가 윗집에서도 발소리가 나는지 들어보았다. 주의 깊게 들어보면 어쩌다 한 번씩 희미하게 발소리가 들리긴 했다. 그것 때문에 잠을 못 잔다는 것은 이해가 되지 않았다. 사내는 자신이 룸살롱을 한다고 하지 않았던가?

새벽에 술이 취해 들어와 피곤할 텐데, 무슨 발자국 소리 때문에 잠을 못 잤다는 것일까? 위층에서 새벽에 모두 잠자는데 아래층에서 무슨 발소리가 들린다는 말인가. 한밤중에 발소리가 들린다는 사내 말이 모두 허풍이었을 것이다. 사람이 밤을 샜으면 피곤해 바로 잠들어야지, 들리지 않는 발자국 소리 때문에 잠을 못 잤다는 말은 앞뒤가 맞지 않는다. 게다가 사내는 수면제까지 먹고 잠잔다고 하지 않았던가?

새벽에 귀가한 주폭이 들리지 않는 발소리 때문에, 잠을 못 잔다는 것은 핑계에 불과한 것이 아닐까? 수면제까지 먹고 잔다는데 무슨 소리가 들리는가. 환청이 들린다고 하지 않던가? 환청을 들으면서 실제로 소리가 들린다고 착각하는 것이 아닐까? 더구나 정우가 발자국 소리를 소음측정기로 측정해 봐도 고시 기준에 훨씬 미달되지 않았던가. 사내는 10년 동안 정신과 치료를 받았다고 주장한다. 그러면서 왜 자신에게 문제가 있다는 것을 받아들이지 않는가? 정우는 도저히 이해가 되지 않는다.

다시 이사 가야 하나? 트럭에 이삿짐 싣고 유목민처럼 떠나야 하나? 아아, 끝없이 이사 다니던 시절이 좋았다. 주민등록초본의 증거, 수십 번의 이사 기록이 어서 떠나자고 손짓한다. 너는 이사 가야 한다고. 너는 유목민이라고. 어둔 밤하늘에는 유목민의 칼을 닮은 그믐달이 떠 있다.

머리가 어지러워진다. 집에서 발끝으로만 걸어 다녀 발가락 끝이 아프다. 정신이 혼미해진다. 갑자기 어릴 때, 발끝으로 철길을 걷던 생각이 떠오른다. 비틀거리며 일어난다. 무서워 발끝으로 걷는다. 식은땀이 흐른다. 철교 아래로 시퍼런 강물이 보인다. 강물이 푸른 초원으로 보인다. 끝이 보이지 않는 초원이다. 몸이 철교 위에서 흔들린다. 온몸이 심하게 떨려온다. 드디어 천 길 아래로 떨어진다. 아아, 비 맞은 볏짚 뭉치처럼.

시와 혈서

*

　공장으로 가는 시내버스를 타고 출근할 때였다. 진은 눈을
정면으로 한 번 맞아보고 싶었다. 버스 실내는 난방이 들어와
따스했지만 밖은 영하로 얼어 있었다. 30분쯤 지났을까. 함박
눈이 내리기 시작했다. 문득 진이 꿈속에서 그녀를 찾아갔던
회색빛 하늘이 생각났다. 꿈속에서 보았던 거리를 덮었던 뿌연
안개같이 눈이 쏟아져 내려왔다. 꿈속에서 진은 걸어갔었다.
안개 속, 가로등이 목 꺾고 측은히 내려다보는 골목길을 지나
갔다. 그녀를 향해 걸어갔지만, 그녀는 보이지 않았다. 진이 걸
었던 거리에 사람의 흔적은 보이지 않았다.

　공장까지 걸어가기로 마음을 정하고 늘 내리던 버스정류장
의 두 정거장 전에 내렸다. 아침에 그가 숙소에서 나올 때 눈
내릴 기미는 있었지만, 많이 올 것 같지는 않았다. 눈은 갑자기
쏟아 내렸다. 그것도 함박눈으로 온 거리에 쏟아졌다. 눈은 올
때가 되면 저렇게 한꺼번에 내리는 것일까.

　눈은 거리의 빌딩 사이에, 떨고 있는 가로수 나뭇가지에, 때
에 찌들은 시장 좌판 위를 덮어갔다. 시야가 점점 흐려왔다. 진

은 저렇게 끝없이 눈이 내리면, 세상이 모두 커다란 흰 천으로 덮여 가면, 차분히 가라앉는 이유를 알지 못했다. 머리에 빈을 쓰고 걸어갔다. 눈은 점점 안경을 덮어갔다. 진은 걸어가면서도 장갑으로 안경에 쌓이는 눈을 계속 훑어냈다. 하늘이, 온 천지들이, 모두 하얀 물속으로 잠겨드는 것 같았다. 걸으면서도 강 속을 헤엄쳐가듯 허우적거렸다.

상가 입구로 들어가는 도로는 입구가 경사져서 많이 미끄러웠다. 진은 커피 자판기 앞에서 멈춰 섰다. 문득 커피가 마시고 싶어서였다. 눈발 속에서 혼자 외롭게 떨고 있는 자판기 앞으로 다가갔다. 백 원짜리 동전 세 개를 구멍 속에 밀어 넣었다. 자판기 안에서 동전 떨어지는 금속성 소리가 눈발 속에 묻히며 둔탁하게 들려왔다. 소리는 가죽 외피가 모두 벗겨진 남루한 그의 동전 지갑을 흔들 때 들려오는 소리와 닮아 있었다. 커피를 마시고 싶은 그의 마음도 자판기 아래로 떨어지는 소리와 닮았다. 아니, 눈 내리는 아침에 갇혀 있던 그의 속마음이 금속 자판기에 부딪치는 소리였을지도 몰랐다. 자판기 덮개를 열고 뜨거운 커피를 꺼내 조금씩 나눠 마셨다. 여름날 논에 물꼬를 트고 물을 대듯 천천히 나눠마셨다. 뜨거운 커피는 눈발 속에 얼어 있던 진의 마음을 천천히 녹여 주었다.

종이컵을 들고 공장 방향을 향해 걸어갔다. 낡은 상가에서

〈불후의 명곡〉 프로를 휩쓸었던 가수 알리의 노래가 흘러나왔다. 그녀 특유의 떨리는 목소리는 추억으로, 오래전 잊힌 기억으로, 낡은 상가 천장에서 흘러나왔다. 버스를 타지 않고 걸었기 때문이었을까, 눈 내리는 날인데도 지각은 하지 않았다. 뱀눈처럼 눈이 찢어진 반장도 아직 도착하지 않았는지 보이지 않았다. 공장 구석으로 가서 작업복으로 갈아입었다. 공구 상자 옆에 착한 포장마차 오뎅집 아주머니같이 웅크리고 있던 면장갑을 집어 들었다. 박스를 옮기기 시작했다.

점심 무렵이었을까. 마지막 포장 박스를 짐차에 싣고 있을 때였다. 뱀눈 작업반장이 다가와 직원들에게 말을 걸었다.

오늘 날씨도 추운데 칼국수나 먹으러 가지.

반장은 진의 어깨도 툭 쳤다. 순간 진이 당황했다.

아닙니다. 반장님, 다녀오세요.

이 친구가? 가자면 가.

반장이 작은 눈을 삼각형으로 만들며 그의 팔을 잡아끌었다. 진은 회사의 기념일이라도 되는가 싶어 동료들 얼굴을 쳐다보았다. 아는 사람이 아무도 없었다. 평소 작업자들은 밥때가 되면 교대로 식당으로 가서 밥을 먹었다. 진이 지금까지 알바 하는 공장에서 단체로 밥을 먹으러 간 적이 없었다. 작업자들은 눈 덮인 공장에서 일렬로 서서 걸어 나왔다. 짙은 눈발 속에 맨 앞에서 걸어가던 반장의 뒷모습이 반쯤 잘려 보였다. 잘

린 반장의 몸이 식당문 안으로 들어갔다. 반장의 등이 가물가물해지며 보였다가 보이지 않다가 했다. 모두 식당 안으로 들어가 눈을 털어내고 자리에 앉았다. 반장이 먼저 입을 열었다.

어제 사장님이 우리 작업하는 것 봤어요. 열심히 한다며 점심 값 조금 주셨지. 그래서 비싼 데는 못 가고 이 집으로 온 거야.

반장이 직원 수를 세어보고 국수를 주문했다. 가격표를 보니 일인분에 7천 원이었다. 여종업원이 냄비를 들고 와서 가스거치대 위에 올려놓았다. 종업원이 고기를 넣겠느냐고 물어왔다. 대답하는 사람이 아무도 없었다. 지게차를 운전하는 연장자 김 씨가 웃으며 말했다. 요즘 우리 형편이 어려워 그냥 먹겠다는 말이야, 했다, 종업원이 가스밸브를 돌려 불을 켰다. 냄비에는 야채와 갈색 육수가 담겨 있었다. 곧이어 종업원이 미나리를 가득 담은 쟁반을 들고 왔다. 그녀가 야채를 냄비 속에 툭 털어 넣고 국자로 꾹 눌러주었다. 모두 냄비가 가득 끓어 넘치는 모습을 구경했다. 반장이 젓가락을 들며 말했다.

우선, 야채부터 건져 먹읍시다.

반장이 젓가락으로 야채를 건져 먹기 시작하자 모두들 따라 했다. 야채를 다 건져 먹자, 종업원이 국수를 담은 큰 그릇을 가져와 냄비 속에 툭 털어 넣었다. 국수는 양념 냄새를 풍기며 다시 벌겋게 끓어올랐다. 반장은 기분이 좋아 보였고, 유리창 밖 거리에는 함박눈이 쏟아져 내렸다. 모두 묵묵히 면을 먹고 있는데 반장이 운을 뗐다.

　내가 어릴 적에는 세 끼 모두 국수 아니면, 수제비를 먹었지.

　나이 든 김 씨가 웃으며 물었다.

　그럼 반장은 밥은 못 먹어 봤수?

　왜요, 가끔 먹기는 했지요. 주로 칼국수나 수제비 같은 가루 음식을 많이 먹었다는 뜻이지.

　반장은 그의 어려웠던 시절을 회상하듯 작은 눈을 가늘게 떴는데, 반장이 눈을 감은 것인지 뜬 것인지 구별할 수 없었다. 바람이 거리를 떠돌다 갑자기 울 일이라도 생긴 것같이 비명소리를 몇 번 질러댔다. 바람은 다시 누굴 찾기라도 하듯 식당 문을 여러 번 흔들어댔고, 그때마다 냄비 거치대 아래의 가스불은 대책 없이 흔들렸다.

　진은 공장에서 사 주는 뜨거운 음식을 처음 먹어보았다. 속이 달아올랐다. 알바를 하며 뜨거운 점심도 얻어먹는구나 생각하니 기분이 업 되었다. 마치 냉랭하던 의붓아버지에게 모처럼 칭찬받은 것같이 들뜨고 코도 짠해졌다. 사실, 그 동안 공장 식당에서 먹는 밥은 질렸었다. 외식을 해보니 확실히 맛의 차이가 났다. 구내식당 음식은 양념을 적게 쓰는 것이 확실했고 맛도 밍밍했다.

　오래간만에 반장이 친형같이 느껴졌다. 사장이 작업 인원들을 격려해 주라고 지시해서 그런지 얼굴에서 웃음이 떠나지 않았다. 그는 어제 사장 눈치를 잘 살폈을 것이다. 사장이 먼저 고생한다는 말을 꺼냈을 것이다. 아마 반장은 사장 의도대로 박자를 잘 맞추어 주었을 것이다. 그는 눈치 빠르게 처세해 반장직을 맡은 사람이었다. 본인은 야간 고등학교를 중퇴하고 작업자로 회사에 들어와 뼈를 깎는 노력 끝에 반장이 되었다고 생각하는 사람이었다. 반장직을 맡아 출세한 것이라며 늘 겸연쩍어 했다.

*

　할머니가 위독하다는 전화를 받았다. 할머니는 진이 어릴 적에 길러준 분이었다. 며칠 쉬기로 하고 고향 도시로 내려갔다. 할머니는 언제나 쉬지 않고 일을 찾아다니며 했던 그분의 성격답게 끈질기게 목숨 줄을 놓지 않았다. 며칠을 더 기다려야 운명할지 알 수 없었다. 이틀째였다. 모처럼 시간이 난 것이라 어릴 적에 가보았던 산을 올랐다. 가느다란 눈이 산길과 하늘에 흩뿌려지고 있었다. 눈발은 새벽빛을 받아 허공 속에서 깜빡거렸다. 아직 이른 시간이라 새벽 산길에는 인기척이 없었다. 달려오는 바람은 점점 거세졌다. 바람은 나뭇가지 사이를 빠르게 통과해 건너편 숲길로 빠져 나갔다. 파카 주머니에 넣어둔 이어폰을 꺼내려다 불어오는 바람에 맞아 산길에 떨어트렸다. 먼지를 털어내고 귀에 끼우려 했지만, 얼어 있어 잘 끼워지지 않았다. 억지로 밀어 넣으려다가 귀에 통증만 느껴왔다.

　음악이 산길 올라가는 진의 귀에서 요동을 쳤다. 이어폰 속의 여가수는 진이 꿈속에서 기다리는 그녀를 닮았는지 막 고음을 내지를 준비를 했다. TV 가수 선발 프로그램에 출연한 가수는 관중들을 감동시키지 못하면 박수가 터져 나오지 않았다. 관중 평가단들은 늘 점수를 짜게 주었다. 언덕 위의 억새들은 모두 머리털이 뽑혀 나간 채 대궁만 남아 바람의 방향에 따라 몸을 흔들었다.

정상으로 가는 길로 들어섰다. 언덕을 끼고 왼쪽으로 올라갔다. 산 정상에는 유난히 큰 나무 한 그루가 보였다. 커다란 그 나무 외에 다른 큰 나무는 보이지 않았다. 나무는 굵은 하반신을 지상에 단단히 박고, 거대한 윗몸은 허공을 향해 들어 올린 채 서 있었다. 우뚝 선 그 나무의 수령은 족히 몇 백 년이 넘어 보였다. 나무는 산 정상에서 침묵 속에 우뚝 솟아 있었다. 차가운 바람이 거세게 불어왔고 숨 막히는 전율도 함께 실어 왔다. 나무는 오랫동안 그곳을 지키며 서 있었을 것이다. 그 지역은 고대부터 무수한 전쟁터의 한가운데였고, 나무는 누군가를 지키기 위해 서 있었을 것이다. 언덕 아래에서 찬바람이 다시 불어왔다. 큰 나무 가지들이 한꺼번에 흔들리는 소리가 들려왔다.

진은 말을 잃어버린 채 파카 주머니에서 수첩을 꺼내들었다. 잉크가 얼어붙어 써지지 않는 볼펜에 입김을 불어 녹였다. '손창섭'이 자신의 소설에서 쓴 것같이 「혈서」[2]를 쓰는 심정으로 써 내려갔다.

---

2 손 창섭(1922-2010)의 소설, 1955년 '현대문학' 1월호에 발표.

새벽 산 정상에

오래 산 큰 나무가 웅크리고 앉아 울고 있다

나는 그가 양 어깨에 접어두었던 긴 날개를 펼쳐 곤궁한 지
상으로 날아 내리기 위해

오랫동안 울음을 참고 이곳을 지켜 왔으리라 생각했다

마치 보호수처럼

처음과 마지막이 완전해지기 위해, 서로 꼬리와 머리를 물고
휘감아

얼어붙은 먹먹한 세상에 뿌리내리기 위해,

또 온몸의 기운을 마지막까지 짜내어

길어진 팔들을 뻗어

이제 막 온기 올라오는 황토의 중심에 닿기 위해

그가 웅크리고 앉아 운다고 생각했다

누군가에게 일방적으로 다가간다는 것은

상대방의 가슴에 비수를 꽂는 일인지도 모른다.

그러기에 차마 가까이

다가서지 못하는 것이리라

큰 나무여

휘청거리는 결심을

지탱해 줄 것 같은 그대여
추운 아침 햇살 속에 눈 크게 뜨고
우뚝 서 있는 그대여
내 마음 통째로 너에게 기댄다
이제 막 온기 올라오는 우주의 중심에 닿기 위해

진은 가슴이 먹먹해지는 것이 느껴졌다. 온몸에 소름이 돋고 냉기가 몰려왔다. 빠르게 산 아래쪽을 향해 뛰어 내려갔다. 가는 눈발은 이제 완전히 시야를 가렸고, 눈가루는 바람에 흩어지며 겨울산을 통과해 공중으로 솟아올랐다. 눈은 바람에 실려 하늘 끝까지 가보려고 마음을 정했는지 위로만 위로만 솟구쳐 올랐다. 진은 숨이 차오르고 몸이 더워져 한참을 멍하니 서 있었다. 다시 한기가 느껴오자 산 아래쪽으로 통하는 소로 길로 내려갔다. 산 아래쪽에는 개를 끌고 다니는 사람들 여럿이 보였다. 개는 늘 주인보다 앞서 뛰어갔다. 갇혀 있다가 외출한 개는 마른 풀냄새와 흙냄새를 맡고 나면 마구 흥분했다. 수캐는 더 멀리 뛰어갔고, 가다가 일정한 간격으로 한 다리를 들어 오줌을 뿜어냈다. 수캐의 본능은 갇혀 있지 않았다. 어린 강아지나 큰 개나 하나같이 하는 짓이 비슷했다. 수캐의 의식 속에는 영역 표시 본능이 넘쳐나 보였다.

산을 내려가고 있을 때였다. 소나무 숲에서 사람들의 웃음소리가 한꺼번에 들려왔다. 진이 호기심에 그리로 올라가 보고 싶었다. 그쪽 방향으로 오르는 작은 길이 별도로 나 있었다. 올라가 보니 제법 넓은 공터에 사람들이 모여서 웅성거렸다. 황토 흙을 다져 그 위를 평평하게 조성해 놓은 빈터가 나왔다.

공터에는 낡은 운동 기구들이 녹슨 채 널려 있었다. 연식이 몇 십 년은 되어 보이는 무거운 구식 바벨 운동 기구였다. 바벨에 표시된 무게 표시 숫자까지 닳아져 아예 고철 덩어리로 보는 편이 맞았을 것이다. 대림절을 밝히는 색색의 촛불들이 대림절 마지막 날에는 흰 촛불로 바뀌는 것처럼 모두 흰색 계열의 옷을 입고 모여 있었다. 모인 사람들은 운동을 하기 위해 올라온 사람들이라기보다 무슨 회합을 위해 모인 사람들같이 보였다. 모두 일회용 커피 잔을 들고 서로 이야기를 나누며 떠들었다. 진은 호기심과 시장기가 동시에 밀려왔다. 사람들 틈 속으로 자세를 낮추며 들어갔다. 낡고 귀퉁이가 부서진 탁자가 놓여 있었고 그 위에 일회용 컵과 커다란 보온병이 보였다. 진에게 말을 거는 사람은 아무도 없었다. 사람들 등 뒤로 들어가 허리를 굽히며 말을 건네 보았다.

혹시 커피 좀 하나 얻어먹어도 될까요?

대답하는 사람은 아무도 없었다. 다시 허리를 굽히고 믹스커피 한 개를 집었다. 끝을 잘라 종이컵에 부은 다음 더운 물을 따랐다. 컵을 들고 나오려는데 갑자기 무리 중에서 빨간 조교 모자에 검은 선그라스를 쓴 사내가 진의 옆으로 다가왔다. 진의 꼴을 아래위로 훑어보다가 만만해 보였는지, 빨간 모자가 빽 소리를 질렀다.

왜 허락도 없이 맘대로 먹어?

깜짝 놀란 진이 움칫하며 사내에게 사과했다. 먹어도 되는 줄 알았습니다, 아까 저분들 뒤에서 하나 먹겠다고 말씀은 드렸습니다, 하며 커피를 젓다 말고 쓰레기통에 쏟으려 했다.

어이, 이 친구야, 이왕 탄 것은 먹고 가. 앞으로 허락받고 먹어. 알았어? 하하하.

빨간 모자는 마치 훈련소 조교 비슷하게 거들먹거렸다. 빨간 모자는 진의 아래위를 훑으며 인구 조사원이라도 되는 듯 어느 동네에서 왔느냐고 물었다. 진이 눈을 아래로 깔고 침묵하자 몇 번씩 되물어왔다. 사실 진은 할머니가 위독하다고 연락을 받고 내려간 것이라 그 동네에 주민 등록이 없었다. 떠돌이라고 보면 맞는 상태였다. 추운 날 얻어먹은 뜨거운 커피 한 잔이 빈속을 훑어내며 발끝까지 내려갔다.

하산 길은 기다란 작은 길로 이어졌다. 길의 중간쯤에 등산복을 입은 사진사 두 사람이 커다란 오동나무 앞쪽에 모여 잡담을 하는 중이었다. 삼각 받침대 위에 올려놓은 카메라들은 사진기 본체보다 렌즈 길이가 더 길었다. 언뜻 보기에도 성능 좋은 카메라로 보였다. 카메라들은 각자의 삼각 받침대 위에 올려놓았지만, 렌즈 방향은 모두 오동나무 맨 위쪽에 뚫린 구멍을 향해 조준해 놓았다. 사진사들은 나무 구멍 속에서 누가 나오기를 기다리는 것 같았다. 구멍 속에서는 아무도 머리를 내밀지 않았다. 오동나무는 산책로 길 옆에 우뚝 서 있었는데, 마치 담 없이 도로변에 지어진 건물이나 마찬가지였다. 사진사들 중에 검은색 도리구찌를 쓴 김 선생 모습이 보였다. 진이 이곳으로 내려온 다음날, 산 중턱 길에서 김 선생을 만났던 적이 있었다. 김 선생이 양손에 무거운 장비를 들고 가는 것을 거들어주었다. 그분은 고맙다며 사진작가 명함을 건네주며 인터넷에서 자기를 한 번 찾아보라 했다. 김 선생에게 다가가 인사하자, 선생이 오동나무를 가리켰다.

자네, 저것 보게, 청설모가 나무 구멍에 새끼를 낳았어.

김 선생은 마치 청설모가 듣기라도 하듯 진의 귀 가까이에 대고 말했다.

선생님은 직접 보신 모양이지요?

그럼, 나는 자주 와봐서 알지. 저 친구들은 지금 낯을 가리는 중이야.

낯을 가리는 새댁과 아이들을 찍으려는 사진사들 때문에 청설모는 아마 낯이 더 두꺼워지기 전까지 얼굴을 내밀지 않을 것이다. 김 선생에게 인사하고 하산 길 중 하나를 선택했다. 언덕 위로 빠르게 올라갔다가 다시 내려갔다.

하산 길 코너에 비닐로 지어놓은 간이 커피집이 보였다. 낡은 커피집에 매달린 스피커 소리가 실내를 휘저어 놓는 중이었다. 진이 다리가 흔들리는 낡은 탁자 위에 이어폰과 메모했던 수첩을 꺼내 올려놓았다. 커피를 마시면서 습작한 시를 다시 고쳐 썼다. 진의 경우 한 번에 잘 써진 시는 드물었다. 이상하게 한 번에 쭉 써 내려간 시가 리듬과 메타포(metaphor)가 잘 맞았다. 한 번 이미지가 끊긴 시들은 아무리 애를 쓰며 다듬어도 마음에 들지 않았다. 개작해 보아도 역시 마찬가지였다. 한번에 쭉 써 내려간 시가 끝까지 잘 풀려나갔다. 그렇게 퇴고 과정을 거쳐야 좋은 시 한 편을 겨우 건질 수 있었다.

진은 갈수록 쓰기가 어려워졌다. 떠오르는 이미지를 시어로 응축하려면 힘이 들었다. 처음에는 바라본 형상을 있는 그대로, 나오는 데로, 써내려갔다. 다듬어 완성하는 과정에 점점 힘이 들어갔다. 늘 시어를 고르며 마음이 흡족할 때까지 반복해 고쳤다. 산길에서, 강가에서, 고치고 다듬었다. 자신이 쓴 시를 누군가에게 보여주려는 것이 아니었다. 오직 자신과의 끝없는 다짐이었다. 자신도 설명하지 못할 것 같은 언어로 써놓은 시를 본 적이 있었다. 그렇게 쓸 수는 없었다. 그럴 용기도 없고 뼈를 깎듯 언어를 고르고 다듬을 뿐이었다. 공이를 절구에 갈아 바늘로 만들듯 쓰려 했다. 도달할 수 없는 정신의 극한까지

다가가 혈서를 쓰듯 써보려 했다. 단 한 번만이라도 절창을 써보고 싶었다. 진이 꿈속에서 기다리는 그녀의 소식은 아직 없었다. 그녀는 바로 시어詩語였다. 그녀의 소식이 없다 해도 쓰는 작업을 멈추지 않았을 것이다. 그녀가 다시 꿈에서 보인다면 아마 그의 쓰는 작업 과정은 힘이 덜 들지 몰랐다. 그녀와의 교신이 그에게 힘을 줄 것이기 때문이었다. 그녀에 대한 상상으로 힘을 받아 조금씩 앞으로 나아갈 뿐이었다.

사실, 그는 이번 달 들어 그녀가 꿈에서 나타나길 기다려 왔다. 그녀는 보이지 않았다. 꿈속의 그녀는 바빴거나, 아예 그를 잊었거나, 둘 중의 하나였을 것이다. 가슴이 구멍 난 것같이 허전해졌다. 하루하루 힘들게 구조 신호를 보냈지만, 아무 소식을 받지 못한 조난자같이 공허해져 갔다.

진은 고향 소도시의 산과 풍경이 좋아 더 머물고 싶었지만, 친척들의 눈치가 보여 오래 있기 어려웠다. 할머니는 끈질기게 버텨냈다. 서울로 올라가는 길에 겨울비가 뿌려졌다. 요즘 들어 계속 이상한 날씨가 반복되었다. 폭설이 내렸다가 비가 내렸다 했다. 길 위에서 서늘한 기운이 훅하고 달려들었다. 버스에서 내린 사람들의 발걸음이 점점 빨라졌지만, 우산을 들고 가기 때문에 속도를 낼 수 없었다.

다음날 아침에도 비가 내렸다. 진은 작은 우산을 쓰고 낡은 상가 처마 밑쪽으로 해서 걸어갔다. 아직 이른 시간이라 상점들은 서터를 올리지 않았다. 서터를 올려놓고 어둔 유리창을 통해 진열품들이 보이도록 설치해 놓은 곳도 보였다. 비 오는 날은 모두 상점 문을 늦게 여는 모양이었다. 흐린 상점 안에 마네킹들이 여럿 서 있는 가게가 보였다. 비 오는 날, 잠겨 있는 상점 안의 마네킹들은 유독이 외로워 보였다. 문득 그녀들이 감정을 갖고 있는 인간으로 느껴졌다. 어떤 마네킹은 사랑을 잃은 여인의 모습으로 고개를 숙인 채 바닥만 내려다보았다. 진은 걸어가다가 서서 유심히 그녀들을 바라보았다. 상점 유리창으로 장대비가 흘러내리는 모습이 마치 그녀들이 우는 것 같았다.

공장에서 하루 작업이 모두 끝나는 시간이었다. 진이 화장실에서 얼굴과 손을 씻고, 옷을 갈아입고 있을 때였다. 함께 일하는 키 큰 정선호 씨가 다가와 진의 어깨를 툭 쳤다.

저녁 시간 있어요?

그의 목소리를 들으려면 늘 힘이 들었다. 그에게 귀를 가까이 대고 듣지 않으면 무슨 말인지 알아들을 수 없는 때가 많았다. 그의 목소리는 모기 소리같이 작았다. 공장의 소음 공간에서는 더 그랬다. 그는 비쩍 마른 체구에 안경을 쓰고 있어 몸 어디를 보아도 힘쓸 것 같아 보이지 않았지만, 깡도 제법 있는 사람이었다. 그가 말을 걸어왔다.

막걸리 한 잔 해요.

언뜻 그의 얼굴을 보았다. 술을 마시고 싶어 하는 것같이 보이지는 않았다. 오히려 그의 마른 얼굴에 초조한 빛이 건너갔다. 흐린 형광등 불빛 아래 그의 이마에 머문 어둔 빛이 흔들렸다. 함께 배낭을 메고 창고 옆길로 빠져 나왔다. 길은 눈으로 미끄러웠고 비틀거리며 길을 건너갔다. 진은 그의 뒤를 따라서

버스 정류장을 지나갔다. 사거리 뒤편으로 들어가자 식당 골목
이 나왔다. 골목 안은 언뜻 먹자골목으로 보이긴 했지만, 그 골
목에 제대로 된 식당은 보이지 않았다. 아무리 좋게 보아도 시
내 도로변 포장마차 수준 정도였다.

그 일대는 재건축을 시도하다가 실패한 골목이었다. 파고
다공원 뒷골목 비슷한 70년대식 낡은 식당이 두어 개 있을 뿐
이었다. 정형이 어느 허름한 식당 문을 열고 들어갔다. 출입문
도 앞으로 미는 식이 아니었다. 레일이 달려 있어 옆으로 드르
륵 미는 옛날식이었다. 재건축 철거 전의 낡은 집을 식당으로
개조해 사용하는 것으로 보였다. 식당 안에는 드럼통을 이용해
만든 둥그런 식탁 세 개가 놓여 있었다. 주인 할머니는 진이 전
에 어디서 많이 보던 사람 같았다. 그가 지나다니는 변두리 아
파트 정문 옆에서 야채장사를 하던 할머니와 빼닮았다. 할머니
가 몸뻬 차림으로 몸을 흔들며 다가왔다.

뭘 먹으러 왔수?

정형은 전에 그 식당에 와보았던 것 같았다. 웃기는 할머니
에게 곧잘 대꾸했다.

할머니 막걸리 하나 하고. 참, 전에 먹다 남겨둔 국물 있으
면 주세요.

예끼 이놈아, 네놈 먹다 남은 국물이 지금 어디 있어, 순대
삶고 잘 남겨둔 국물이지. 한 투가리 줄게. 얼른 먹어.

할머니는 걸쭉하게 정형 말을 받아넘겼다. 진이 먼저 말을 꺼냈다. 정형, 무슨 좋은 일 있어요? 얼굴이 좋아 보이는데요? 그가 씩 웃으며 말했다. 좋은 일은 뭐, 그런 일 없어요. 막걸리나 한 잔 하고 싶어서요. 그는 시골 출신은 아니었다. 수도권에서 대입 검정고시로 고교 졸업 자격을 얻어 방송 통신대를 졸업했다. 여러 해 동안 수십여 장의 이력서를 써서 채용회사들의 문을 끈질기게 두드렸지만, 모두 원서 접수단계에서 떨어졌다. 중소업체에서 면접을 두어 번 보기는 했는데 최종 면접에서 떨어졌다. 그는 자신이 선발되지 못한 것에 할 말이 있었다. 실력이 없어서가 아니라 세상의 학벌주의 편견 때문이라 했다. 그가 운을 떼었다.

창원 중소 제조업체에서 한번 와보라 하는데 지방이라 잘 모르겠어요.

그의 말을 들은 진이 거들었다.

지방이면 어때요? 가서 정착하면 고향 아닌가요?

사실은 어머니를 모시고 있는데 몸이 안 좋아요. 수도권에 출퇴근 가능한 데가 있으면 그리로 가고 싶어요.

진은 정형이 하는 말을 가만히 듣고 있었다. 그의 말에 고개를 끄덕여 주었다. 어머니가 아프다면 그럴 것이었다. 그는 어머니에게 치매 증세가 있어 불안하다고 했다. 진도 어머니를 모시고 있을 때 그랬다. 일하고 돌아오면 어머니가 보이지 않앉던 적이 많았다. 112에 어머니 실종 신고를 여러 번 했다. 치매환자는 판단 능력 자체가 아예 없었다. 어머니 실종 신고를 한 날이면 밤늦은 시간에 순찰차가 어머니를 모시고 집으로 오곤 했다. 그럴 때 보면 경찰관이 애먹은 기색이 역력했다. 어머니가 4차선 도로를 무단 횡단했다는 것이다. 도로 밖으로 모시고 나오는데 힘들었다고 했다. 경찰관은 큰일 날 뻔했다며 손수건을 꺼내 이마의 땀을 닦곤 했다.

한 번은 어머니를 치매 전문병원으로 모시고 가서 의사와 면담을 했다. 의사는 그 분야에 관한 저술도 있는 분이었다. 의사는 어머니의 상태를 검사하며 초음파를 측정하는 기구를 이용한 검사도 했다. 뇌혈관 속에 흐르는 혈액의 속도와 파형을 알아내어, 뇌혈관의 좁아짐이나 순환을 알아보는 뇌 혈류 검사였다. 검사를 마친 의사가 치매는 초기에 발견해 치료하지 않으면 어렵다고 했다. 의사는 어머니에 대해 아무런 방법이 없다고 진단을 내렸다. 진이 의사 말을 가만히 듣고 있다가 웃으며 물었다.

선생님, 제 이모 말씀이 천도제를 한번 지내보라는데, 어떻게 생각하십니까?

별별 굿을 다해도 소용없습니다. 좋은 방법 있으면 소개 좀 해 주세요. 나도 한 번 써먹어 보게.

의사는 소리 없이 웃으며 말을 흐렸다. 의사가 어머니의 뇌 사진 필름을 책상 앞의 벽 조명판에 걸었다. 볼펜을 들고 뇌 사진을 가리켰다.

봐요. 저렇게 뇌세포가 대부분 파괴되고 수축되었어요. 이제 더 이상 치료 방법이 없어요. 마음 준비를 하는 것이 좋겠어요.

어머니는 시골에서 혼자 사시는 숙모 집으로 내려가 함께 계시다가, 연로한 숙모가 결국 어머니 돌보기를 포기하는 바람에 요양원을 전전하다가 가셨다. 어머니와 좋았던 기억과 좋지 않았던 기억들까지 모두 삭제되어 갔다. 어머니의 기억은 점점 사라져 갔고, 아무런 희망을 걸 수 없게 되었다. 병이 호전된다는 말을 꺼내는 것 자체가 의미 없는 이야기였다.

어머니를 모시고 있을 때였다. 아침에 일어나 보면 어머니는 이불과 옷가지를 모두 꺼내어 여러 보따리로 나누어서 싸놓았다. 진이 잠들었을 때 매일 밤마다 옷장에서 옷들을 꺼내 싸놓았던 것이다.

어머니, 왜 보따리를 싸 놓으세요? 하며 물으면 씩 웃으며 대답했다.

이사 가려고 그러지.

처음에는 진이 자주 이사를 다녀서 어머니가 그렇게 된 줄 알았다. 아니었다. 어머니는 심지어 밥을 먹었는지, 안 먹었는지, 조차 기억하지 못했다. 간병인이 없으면 무슨 사고를 낼지 알 수 없었다. 요양원에서도 어머니 같은 치매 환자는 쇠창살로 격리된 방에 따로 가두어 관리했다. 일반 환자와 함께 두면 밖으로 나오기 때문에 그렇게 한다는 것이었다. 요양원에서 잠시라도 관찰을 안 하면 밖으로 나와 쓰러질 때까지 야산이나 도로를 헤맨다고 했다.

결국 어머니는 치매를 앓다가 떠나셨다. 의사 말대로 조기에 발견해 치료해야 했는데 경제 사정으로 그렇게 하지 못했다. 어머니는 진과 함께 기거하다가 친척 집들을 전전했고 끝내는 변두리 정신요양원에서 돌아가셨다. 치매 환자 간병을 안 해본 사람은 그 병의 진행을 알 수 없었을 것이다. 병의 진행 과정을 지켜보며 돌보기는 무척 힘들었다. 병은 서서히 어머니의 뇌를 갉아먹고, 기억들을 망각의 구덩이 속으로 밀어넣었다. 결국 어머니는 주변 사람조차 알아보지 못했고, 끝내는 자식까지 알아보지 못한 채 가셨다. 진은 일찌감치 결론을 내렸다. 치매가 세상에서 가장 지독한 병이라는 것을. 무섭다는 암은 기억 자체는 온전하다고 볼 수 있다. 암 환자는 의식이 있는 상태에서 통증을 안고 스러져 가지만, 치매 환자는 간호하는 가족들 얼굴까지 자신의 기억에서 삭제해 나갔다. 어떻게 해볼 방법이 없었다.

취기가 몰려왔다. 진은 계속 고개를 숙이고 앉아 있었다. 술이 약해서 정형이 따라준 막걸리 한 잔을 놓고 조금씩 나눠 마셨다. 정형은 병에 남은 술을 혼자 따라 마셨고 계속 무슨 말을 하는 것 같았다. 진은 그의 말이 하나도 머리에 들어오지 않았다. 자동인형같이 그의 말에 따라 고개를 끄덕여 주었을 뿐이었다. 그리고 떠난 어머니를 생각했다. 정형은 자신의 어떤 문제를 상의하기 위해 자리를 만들었는데, 진이 그의 말에 모두 긍정하듯 머리를 끄덕여 주자 진이 전부 동의한 것으로 이해하는 것 같았다. 갑자기 그가 일어서며 결론을 내렸다.

내 말 잘 들어줘서 고맙습니다.

당황했다. 진도 얼른 일어나서 그에게 인사했다. 두 사람은 배낭을 메고 함께 식당 문을 나왔다. 진이 숙소 방향으로 가는 버스에 올랐다. 겨울바람이 비명을 지르며 버스 앞 유리창으로 달려들었다. 바람은 버스 앞에 투신이라도 하듯 끊임없이 뛰어들었다.

바람은 이제 자신의 꿈에도 나타나지 않는 그녀를 생각하는 진의 마음을 떠보기라도 하듯 버스 유리창으로 달려들었다. 달려와 유리창에 부딪쳤다가, 다시 허공으로 흩어져 갔다.

오랜 기간 진은 꿈속에 나타난 그녀[詩語]를 기다려 왔다. 그리고 누군가를 줄곧 기다려 왔다. 진은 혼자 무엇을 기다린다는 의미를 되새겨 보았다. 자신이 느끼는 결핍의 의미를 생각해 보았다. 가족을 알아보지 못하고 떠난 어머니같이 누군가를 기다린다는 것은 헛된 일이었다. 혼자 기다린다는 것은 어쩌면 혼자만의 생각이었고, 한쪽만의 일방적인 그리움일 뿐이었다. 혼자서 해답을 얻지 못하는 허전함이었다. 진은 혈서라도 써서 이런 마음을 누군가에게 전하고 싶었다. 벌건 피를 토해내어 말하지 못한 언어들을, 가슴속에 깊이 박혀 있는 의미들을, 꺼내어 전해보고 싶었다. 입으로는 말하지 못하는 문장들을 혈서로 쓰고 싶었다.

환상 이야기

달은 그때 구름 속에서 나올 준비를 하고 있었다. 진호도 스촨 성[四川] 여행 준비를 그제서야 마칠 수 있었다. 작년이었을까. 그 동안 문자로 교류해 왔던 그녀가 가슴 혹 결절로 대학병원에서 방사선 치료를 받는다며 연락이 왔던 적이 있었다. 그때 시간을 한번 내어 그녀를 방문하기로 약속했다. 그녀에게 다녀온 진호는 다짐했다. 스촨에서 달을 보고 느꼈던 환상에 대해 가슴 속 깊숙이 기억해 두겠다고.

진호는 드디어 청두행 중국국제항공공사 비행기 이코노미 좌석에 앉을 수 있었다. 안전벨트를 매고 비행기 창문으로 밖을 내다보자 비로소 여행한다는 느낌이 안전벨트의 조임처럼 진호 몸을 조여 들어왔다. 기내에는 미니스커트를 입은 여승무원들이 승객들을 안내하며 분주히 돌아다녔다. 여자 승무원들의 유니폼은 계절보다 한발 앞서 마치 철 이른 연두색, 분홍색 봄꽃들이 기내에 떠다니는 것 같았다. 그녀들의 미소도 기내 구석까지 파고들어 승객들을 들뜨게 만들어 주었다. 승무원이 나눠준 입국 카드는 간자체 한자로 인쇄되어 있었다. 처음 보는 한자가 들어있어 카드의 기재 사항을 메우는데 시간이 제법 걸렸다. 오후 네 시 반 비행기는 드디어 이륙 준비를 끝내고 움직이기 시작했다. 진호는 비행기 바퀴가 활주로 바닥을 구르는 굉음에 눈을 멀뚱거리다가 깊은 잠 속으로 빠져들어 갔다.

그동안 진호가 여행비를 마련하는 과정은 쉽지 않았다. 은행에 신용카드 발급을 신청했지만, 최근에 은행은 신용카드 발행 요건이 강화되었다며 거래 실적이 미미한 그는 은행 평가 점수 미달로 거절당했다. 은행원은 팁이라며 그에게 직불 카드를 신청하라고 했다. 때문에 진호는 그 동안 한 푼이라도 저축하기 위해 지출을 억제할 수밖에 없었다. 퇴근 무렵에 들리는 중고서점에서 좋아하는 소설도 사지 않았다. 책을 읽고 싶으면 지역 도서관으로 갔다. 교육청 소속 지역 도서관에는 읽고 싶은 신간이 거의 없었고, 서가에 꽂혀 있는 고전도 대부분 표지가 낡아버린 고물들뿐이었다. 간혹 신간 서적이 있기는 했지만 출판사에서 팔리지 않은 재고를 보내준 것인지 손이 가지 않았다.

읽고 싶은 책에는 사람들의 손때가 무수히 묻어 있었고, 여러 방향으로 구부러지고 접혀진 책들뿐이었다. 그런 책들에는 사람들의 손자국들이 무수히 남아 있었다. 물론 낙서를 보며 상상하는 즐거움은 있었다. 낙서는 책을 빌린 사람이 의도적으로 남긴 것은 아니었겠지만, 새책을 사지 못하는 사람들이 무의식적으로 남긴 흔적들이었다. 시적으로 표현해 보면 '상처로

덧입혀진 흔적'이었다. 누구든 낙서가 가득한 책들을 보면 가련해 보인다는 점에 동의했을 것이다. 접혀지고 찌그러진 책의 흔적들은 고난 속에서 꿋꿋하게 견디는 소설 속 캐릭터를 닮아 측은해 보이기까지 했다.

순간, 진호는 기내 안내방송 소리에 깜짝 놀라 일어났다. 청두 공항에 도착한 모양이었다. 트랩을 내려오며 중국 황하 문명과는 다른 갈래의 독자적인 스촨 문명의 중심지로 초나라 고대지역이었던 청두의 저녁하늘을 올려다보았다. 도시는 거대한 스촨 분지에 자리 잡은 성도[省都]답게 사방이 안개 낀 것처럼 흐릿했다. 입국 수속장을 나와 1층으로 내려가고 있을 때 어느 곳에선가 갓 구운 빵 냄새와 구수한 커피향이 흘러나왔다. 택시 정류장은 공항 리무진버스 주차장 바로 옆에 붙어 있었다. 진호가 택시 앞으로 다가가자 기사는 차 안에서 피우던 담배를 얼른 밖으로 내던졌다. 진호가 호텔 주소를 적은 메모지를 건네주자, 기사는 메모를 한 번 힐끗 들여다보더니 '오케이' 하며 액셀을 힘주어 밟았다. 낡은 택시는 한 번 크게 출렁거린 다음 기수에게 채찍으로 얻어맞은 늙은 말처럼 요란하게 울며 출발했다. 호텔은 진호가 비행기표를 예약할 때 그녀에게 미리 예약을 부탁해 놓았었는데, 3성급으로 알아봐 달라고 하자 그녀가 조언했다.

오래된 4성급으로 예약하면 가격도 3성급과 비슷해요. 그런데 저는 컨디션이 안 좋아 공항에 나가지는 못합니다.

저도 원래 누가 마중 나오는 것을 좋아하지 않습니다. 감사합니다.

아픈 그녀가 공항까지 나왔다 돌아가려면 그녀 말대로 컨디션 조절이 어려워질지도 몰랐다. 택시에 앉아 창문을 내렸다. 창문 사이로 바라본 흐릿한 잿빛 허공에서 비가 몇 방울씩 떨어지는 것이 보였다. 빗줄기는 유리창에 가는 붓으로 빗금을 그리듯 떨어졌다. 긴 궤적을 그리며 떨어지는 빗줄기들을 보며 비로소 목적지를 찾아왔다는 실감이 느껴졌다. 쓰촨의 비는 진호의 감회와 버무려지며 유리창 밖으로 조용히 튕겨 나갔다.

5년 전, 진호가 한국에 자유여행 왔던 그녀를 처음 만났을 때 한 번 찾아가겠다는 생각을 한 적이 있었다. 현실은 어려웠다. 어머니로부터 동생들 학비를 보태라는 전화를 받으며 여행은 이불속 꿈으로만 남아 있었다. 택시는 시내로 들어오며 네거리에서 크게 우회전했다. 차가 한 번 크게 기우뚱하며 속도를 줄여 나갔다. 곧 호텔 입구가 보였고 차는 경내로 들어섰다. 그녀가 예약해준 호텔은 외관상 낡아 보였지만 내부는 괜찮게 보였다. 안내 데스크로 가서 그녀 이름으로 예약된 룸이 있는지 물었다. 붉은색 유니폼을 입은 여직원이 예약 대장을 꺼내 확인한 다음 고개를 끄덕여 주었다. 방은 3일간 숙박에 남향으로 정했다.

진호가 캐리어를 끌고 엘리베이터 쪽으로 가고 있을 때였다. 제복을 입은 키 작은 호텔 보이가 급히 따라오며 그를 불렀다. 괜찮다고 손을 흔들어 주자, 복무원은 방향을 틀어 재빠르게 다른 사람의 뒤를 쫓아갔다. 객실로 들어간 다음 맨 먼저 창밖을 바라보았다. 호텔 앞은 대형건물이 없어 멀리까지 보이는 전망이 시원했다.

진호는 늘 탁 트인 곳에 오면 기분이 업 되곤 했다. 지금 살고 있는 숙소 앞이 꽉 막혀 있어 더더욱 그런 생각이 들었다. 환한 전망을 보며 그녀 병상태도 곧 좋아질 것 같은 느낌이 들었다. 시간은 일곱시를 건너가고 있었다. 그녀와 통화해 객실 방 번호를 알려주었다. 그녀의 목소리는 낮고 감기 걸린 사람처럼 쉰 목소리였다. 그녀는 저녁 일곱시 반까지 가겠다며 작은 목소리로 짜이지엔[안녕] 하며 전화를 끊었는데, 그 소리는 마치 그녀가 진호를 향해 작은 손을 흔들어주는 느낌이었다. 알 수 없는 찌릿한 무엇이 그녀 쪽에서 건너오는 것 같았다.

7시 30분, 호텔 문에서 노크 소리가 들려왔다. 문을 열자 베이지색 바바리를 입은 그녀가 서 있었다. 5년 전 한국에 관광 온 그녀를 북촌 거리에서 처음 보았을 때, 그녀가 입고 있었던 그 바바리였다. 그녀는 그날 진호를 만나 북촌에서 시작해 인사동까지 걸었던 순간을 다시 느끼게 해주고 싶었던 모양이었다. 왜, 영화를 보면 처음 만나는 연인들이 약속 장소에서 무슨 무슨 옷을 입은 사람을 찾으라 하지 않던가. 그녀가 미소를 보내오자 진호 얼굴이 달아올랐다. 그녀의 웃음이 화살처럼 그의 몸으로 파고들었다. 그녀가 먼저 손을 내밀었다. 진호는 5년 만에 그녀의 손을 잡았다. 그녀의 손을 잡자 갑자기 그녀를 한 번 안아보고 싶은 생각이 들었다. 그녀도 진호와 같은 마음을 느꼈는지 진호를 빤히 쳐다보고 서 있기만 했다.

배우들같이 그녀를 자연스럽게 포옹할 수 있을까. 애욕의 포옹이 아닌 반가움의 표시로. 용기를 내어 그녀 팔을 당겨 본다. 그녀가 딸려온다. 가볍다. 살며시 안아 본다. 그녀도 몸을 빼지 않는다. 그녀가 안긴 채 가만히 서 있다. 그녀의 어깨를 감싼다. 그녀도 그의 허리를 가볍게 안는다.

진호는 그녀 등을 토닥여 주었다. 그녀도 진호를 바라보며 청두에 와주어 기쁘다고 했다. 두 사람은 서로 상대방을 바라보며 앉았다. 둘은 서로 잘 통하는 사이같이 웃고 있었지만, 실제로 진호가 그녀의 얼굴 실물을 본 것은 5년 만이었다. 그녀 얼굴을 천천히 들여다보았다. 얼굴이 많이 수척해 있었다. 눈은 쑥 들어가 때꾼했고, 기운이 없어 보였다. 전에 선착장에서 볼 때보다 얼굴이 더 말라 있었다. 그래도 오랜만에 만난 자리에서 곧바로 많이 아프냐고 물어볼 수도 없었고 말을 꺼내기 쑥스러웠다. 진호가 가만히 앉아 있자 그녀가 먼저 물어왔다.

청두까지 오는데 힘들었지요?

혼자 하는 여행이라 조금 당황했습니다.

그녀는 여행사를 따라오면 쉬웠을 텐데, 하며 아마 힘들었을 거라 했다. 그녀가 식당을 예약해 놓았으니 함께 나가자고 제안했다. 방문을 나와 정문에 대기하고 있는 택시를 탔다. 찾아간 식당은 호텔에서 그리 멀지 않았다. 식당의 흰색 타일은 밤의 조명에 누렇게 변색되어 고향 도시의 네거리 근처에 있던 오래된 식당을 닮아 있었다. 자리에 앉자, 주문을 받으러 온 아주머니가 그녀를 바로 알아보는 눈치였다. 진호는 주문하는 요리 내용을 들어보려 했지만, 두 사람이 빠르게 말하고 있었기 때문에 알아듣기 어려웠다. 곧 요리가 나오기 시작했다. 그녀가 요리를 보며 이야기했다. 그녀가 해준 말 중에 지금까지 기억나는 말이 있다.

중국인들은 요리를 하나의 예술로 생각한다. 고대 왕조시대에는 궁정 요리사 지위가 높아 제일 높은 사람은 재상 급으로 대우했다. 자신처럼 출근하는 중국인들은 아침을 간단히 먹고, 점심도 구내식당에서 간단히 해결한다. 저녁은 퇴근해서 가족이나 친지들과 요리해 먹거나, 외식할 경우에는 다양하게 주문해 먹는다. 그런데 사천요리를 처음 먹어보는 것이라면 예상외로 많이 매울 것이다.

진호는 잔잔한 목소리로 말하는 그녀 이야기를 들으면서 자신이 그녀처럼 능숙하게 중국어를 구사할 수 있다면 얼마나 좋을까 하는 생각만 하고 있었다. 그가 한 말이라고는 음식의 간이 짜다, 맛이 담백하다, 너무 맵다는 표현 정도였다. 대신 그녀의 마른 얼굴을 보며 자주 웃어주었다. 또, 그녀의 말을 모두 알아들은 것같이 자주 고개를 끄덕여 주었다. 그녀에게 술을 주문하자고 했다. 그녀가 말했다.

맥주를 주문하는 것이 어때요? 고량주[白酒]는 너무 주도(酒度)가 높아서요.

진호가 종업원이 들고 온 맥주병을 얼른 받아 그녀에게 따라주었다. 잔을 부딪치며 깐뻬이[乾杯, 건배] 하고 외쳤다. 갑자기 그녀가 진호에게 건배사를 해보라는 것이 아닌가. 그가 얼버무리며 사양을 하자 그녀가 다시 재촉해 왔다.

오늘 드디어 당신을 만났고, 요리가 맛있어 행복합니다. 찾아온 보람이 있네요.

그녀도 건배사를 했는데 마치 소녀가 부끄러워하듯 작은 목소리로 말했기 때문에 알아들을 수 없었다. 그녀가 만나서 기분이 아주 좋아요[非常高興] 하고 말한 것은 겨우 알아들을 수 있었다.

진호는 잔을 들고 그녀를 자주 바라보았다. 어쩐 일인지 자꾸 헛웃음이 나왔다. 그녀는 맥주잔에 입을 대기만 하고 마시지 않았다. 거대한 중국 도시 밤 한가운데에서 마시는 맥주는 분위기 탓인지 술에서 단맛이 났다. 아마 그가 맥주 맛에서 단맛을 느껴본 것은 처음이었을 것이다. 진호는 주량이 약했는데도 요리가 너무 매워 물마시듯 맥주를 한 모금씩 마실 수밖에 없었다. 그녀가 맵다고 맥주를 마시는 모습은 찾아볼 수 없었다. 그녀는 소식하는 사람이 의례껏 그렇듯 조금씩 먹었다. 요리의 빛깔은 대부분 붉은색이었는데 붉은 고추기름을 넣어 볶은 것으로 보였다. 다른 요리도 고기 종류만 바꾸고 붉은 고추기름을 넣어 볶는 방식은 비슷해 보였다. 진호는 원래 매운 요리를 잘 먹지 못했다. 음식을 먹지 못하는 것을 본 그녀가 담백한 요리를 한 접시 더 주문했다.

아마 두 시간쯤 식사했을까. 진호는 장시간 여행한데다가 매운 음식을 먹고 맥주까지 마시자 뱃속에서 충돌이 일어난 것 같았다. 먼저 졸음이 밀려오기 시작했다. 매운 음식을 먹으면 아프던 배는 분위기 탓인지 덜 아팠다. 진호의 찡그린 얼굴 표정을 보던 그녀가 먼저 계산서를 챙겨 일어섰다. 그가 얼른 빌을 빼앗아 계산대로 향했다. 빌을 먼저 놓고 그 위에 직불카드를 꺼내어 올려 놓았다.

식당 밖으로 나왔을 때 그녀가 물어왔다.

식사가 어땠나요?

진호가 좋은 식당을 예약해 주어 고맙다고 대답했다. 어렵게 만난 그녀와 한밤의 시내 야경 속으로 깊숙이 들어가니 알아내지 못했던 감회가 몰려왔다. 아마 오랫동안 묵혀 두었던 감정들이었을 것이다. 식당을 나와 신선한 바깥 공기를 마시자 상쾌한 공기가 폐 속으로 따라 들어왔다. 그녀와 문자로만 연락하다가 직접 만난 것이 현실이 아닌 것 같았다. 그녀에게 한 번 제안해 보았다.

제가 택시로 집에까지 바래다주고 호텔로 돌아가고 싶은데 어때요?

그녀가 놀라는 표정으로 그를 쳐다보았다.

내가 당신을 호텔로 데려다주고 집으로 돌아갈게요.

그녀가 말한 뜻은 중국어가 능숙치 못한 그에 대한 배려였다. 그녀의 판단이 옳았을 것이다. 한 번도 가보지 않은 낯선 외국 땅에서 혼자 다니다가 혹시 헤매거나, 봉변을 당할지 모르기 때문이었다. 자신을 배려해 주는 그녀의 마음씨를 생각하자, 진호는 사천성 인근에서 짧은 기간만이라도 머물러 보고 싶은 마음이 올라왔다. 물론 그런 호사는 현실과 맞지 않는 일이지만. 여유가 있다면 한두 달쯤 스촨 사투리와 그곳 지방 음식을 배워보고 싶은 생각이 들었다. 택시가 호텔 입구에 도착하자 그녀에게 권해 보았다.

차 한 잔 마시고 갈래요?

그녀는 왼손을 이마에 대고 잠시 생각하더니 '하오바'[좋아

요|하며 고개를 끄덕였다. 룸으로 올라갔다. 방 한쪽에 커피포트가 눈에 보였다. 일회용 차와 커피도 있고 찻잔도 몇 개 놓여 있었다. 그녀가 거치대에 올려져 있던 커피포트를 들었다. 세면대에서 물을 받아와 전기코드를 꽂았다. 물 끓는 소리가 조용한 실내를 길게 흔들었다. 진호가 차를 마시며 그녀에게 말을 걸어보았다. 말문이 막히면 호텔 문양이 인쇄된 호텔 메모지에 한자로 적어 건넸다. 소위 필담이었다. 같은 한자 문화권이기 때문에 그런 방식으로도 소통이 가능했을 것이다. 더구나 진호가 간자체(簡字體)를 익혔기 때문에 통할 수 있었다.

그녀는 진호의 중국어 표현이 어색한데도 전혀 개의치 않았다. 마치 말을 배우기 시작한 학생을 대하듯 웃으며 상대해 주었다. 진호가 문장을 어색하게 적어 놓으면 수정까지 해주었다. 진호가 중국어 문법을 완벽히 구사하지 못했지만, 그녀에게 생각을 전하는 데는 큰 지장은 없었다. 그가 다시 찻잔에 끓는 물을 부었다. 차를 우려내듯 감회를 뜨겁게 우려냈다. 진호가 컵을 들고 창가 쪽으로 가자 그녀도 따라왔다. 두 사람은 창가에 서서 청두시 야경을 바라보았다.

하늘에는 달이 떠 있었다. 달은 몸 한쪽 어느 곳이 아픈 것으로 보이는 절반의 달이었다. 달은 이제 구름 속으로 들어가 희미한 흔적으로만 남아 있었다. 한밤의 시내는 어두웠지만, 길은 황홀한 네온 빛으로 출렁거렸다. 멀리 자동차 헤드라이트가

긴 꼬리를 매달고 질주하다가 사라졌고 또 다가왔다. 진호는 그녀와 어깨를 마주 댄 채 뜨거운 차에 입김을 불며 마셨다.

진호가 반쯤 마신 찻잔을 책상 위에 내려놓고 가만히 그녀 어깨를 감싸 안았다. 그녀도 찻잔을 책상 위에 내려놓고 그의 어깨에 얼굴을 기댔다. 오래 사귀던 사람들이 힘들게 만난 사이처럼 조용히 서로를 응시했다. 진호가 그녀 얼굴을 두 손으로 감싸자, 그녀가 눈을 감았다. 그가 입술을 그녀 이마에 얹었다. 그녀는 키가 작았기 때문에 그녀 이마에 입술을 대기 위해서는 얼굴을 그녀 쪽으로 숙여야 했다. 자연히 그녀의 뼈만 남은 마른 몸이 활처럼 뒤로 휘었다. 그녀의 두 팔이 그의 목을 감았다. 그도 그녀의 허리를 안았다.

그때 호텔 도어를 노크하는 소리가 들렸다. 아무 반응이 없자 노크 소리가 빠르게 들려왔다. 두 사람은 얼른 떨어졌다. 놀란 그녀가 침대에 놓았던 코트를 집어 들었다. 진호가 방문을 열자, 작업원 제복을 입은 40대 마른 여자 복무원이 생수 두 병을 들고 서 있었다. 룸에서 생수를 주문한 사람은 아무도 없었다. 당황했다. 진호가 복무원에게 어떻게 왔는지 물어보자, 복무원이 생수병을 내밀며 능청스럽게 10위안이라 했다. 진호는 중국 4성급 호텔은 하루에 생수 두 병을 무료로 공급해 주는 것으로 들어서 알고 있었다. 그런데 그 호텔은 돈을 받고 있었다. 그것도 남녀가 들어온 시간에 정확히 맞추어 들어와 돈을 요구하는 것 같았다. 더 이상 묻지 않고 지갑에서 10위안을 꺼내 주었다. 생수 한 병은 그녀에게 건네주자 그녀가 물병을 받아 백에 넣으며 말했다.

이제 집에 가봐야겠어요.

진호가 방문을 열어주었다. 그녀가 '짜이지엔[안녕]'하며 손을 흔들었다. 그녀를 배웅하기 위해 호텔 입구까지 따라갔다. 그녀가 택시에 타면서 다시 그를 향해 손을 흔들었다. 마치 잘 노는 아이들을 억지로 어른이 떼어놓은 것 같은 서운한 기분이 들었다. 호텔 앞 광장에 서서 그녀의 뒷모습이 시야에서 사라질 때까지 오래 바라보았다.

진호는 바로 호텔방으로 들어가지 않고 정문을 나왔다. 아직 몸에 열기가 완전히 식지 않았기 때문에 찬바람을 맞으며 더 걷고 싶었다. 그녀와 함께 밤거리를 더 걷다가 보냈으면 하는 아쉬운 마음이 남아 있었다. 그녀와 헤어지고 나서도 그녀를 보고 싶은 마음은 사라지지 않았다. 그녀에게 첫 만남이 기억되도록 이야기를 더 나누었어야 했다는 생각이 들기까지 했다. 그녀를 보내기로 한 것은 그가 내린 결정이었고 이미 그녀는 가버린 뒤였다. 도시의 거리는 여전히 휘황한 빛을 내뿜고 있었다. 청두시는 중국 서부 내륙의 대도시이고 사천성 성도(省都)답게 어둠 속에서 눈 뜬 채 화려한 빛을 뿜어내고 있었다.

진호가 아픈 그녀 이마에 입술을 대었을 때, 그녀가 눈을 감은 것은 그를 이해한다는 의미였다. 세상에 어느 여자가 자신의 이마에 모르는 남자의 입술을 받겠는가. 그리고 눈을 감을리도 없었다. 그녀와는 이미 오래 사귀어온 사이나 마찬가지였다. 5년 전 그녀가 중국으로 돌아간 뒤에 한 번도 만난 적이 없었지만, 그녀와 주고받은 수많은 문자의 파편들이 날아가 그녀 가슴에 박혔을 것이다. 그런 문자의 파편들은 쉽게 빼낼 수도 없는 그들의 증거였다. 갑자기 그의 핸드폰이 진동하기 시작했다. 진호가 더듬거렸다.

지금 어, 어디에 있나요?

예, 방금 집에 도착했어요. 안녕히 주무세요.

진호는 혼자 그녀의 마음을 멋대로 상상했던 것이다.

*

    다음날, 진호는 호텔 데스크에서 청두 시내 관광지도 한 장을 구했다. 호텔에서 멀지 않은 곳에 재래시장과 큰 공원이 자리 잡고 있었다. 숙소를 나와 시장 쪽으로 걸어갔다. 오전의 시장은 그 규모에 비해 한가해 보였다. 아직 본격적으로 문이 열리기에는 이른 시간이라 그런지도 몰랐다. 재래시장 골목을 빠져나와 계속 앞 방향으로 걸어갔다. 시장이 거의 끝나갈 무렵 큰 공원 입구가 보였다. 공원 벤치 앞에서 머리가 하이얗고 회색 인민복 차림 노신사가 작은 의자에 앉아 고대 악기를 연주하는 소리가 들려왔다. 악기는 바이올린과 비슷한 중국 전통현악기 후친[胡琴, 호금]이었다. 나이 든 연주자와 고대 현악기의 미세한 음은 서로 잘 어울렸다. 노신사가 악기를 연주하는 모습은 한 폭의 동양화처럼 잘 어울려 보였다. 음악은 활기가 빠져나가 시들해진 공원으로 화려했던 노악사의 기억들을 불러오고 있었다.

    진호는 벤치에서 음악을 듣는 옆 사람에게 후친 연주자에 대해 물어보았다. 그는 최근에 공원 연주자가 부인을 잃었다며 전보다 그의 연주가 더 애절해졌다고 알려주었다. 진호는 문득 그녀를 생각했다. 진호가 후친 연주자가 되고 아픈 그녀가 죽어, 자신이 공원에서 연주하는 모습을 떠올렸다. 그러자 노신사의 음악이 더 가슴을 파고들며 비감하게 들려오는 것이었다. 뒷날 진호가 다시 공원을 방문해 노신사의 연주를 다시 들어보고 싶은 생각이 들 정도였다. 공원은 재미있는 여러 가지 볼거리 풍경들을 보여주었다. 공원을 한 바퀴 돌아 다시 재래시장 골목 쪽을 향해 걸어갔다. 오전에 공원 방향으로 오면서 미리 보아두었던 작은 식당으로 들어갔다. 국수를 주문해 먹고 호텔 방향으로 걸어갔다.

흐릿한 해는 길 위에서 바라본 사천 하늘 한가운데에 정지해 있었다. 해는 뿌연 하늘에서 목표가 불분명한 사람을 닮은 것같이 느릿느릿 건너갔다. 시장 골목길은 점점 양 꼬치구이 굽는 연기로 덮여갔다. 이 점포 저 점포에서 고기 타는 누린내가 시장에 골고루 퍼져 나갔다. 키 작은 대머리 남자가 두 손으로 꼬치 다발 수십여 개를 잡고 묘기를 보여주듯 돌려가며 구웠다. 그러자 옆 매대 젊은 친구도 지지 않고 그를 따라 꼬치 굽는 묘기를 연출했다. 스촨 하늘에 떠다니는 뿌연 안개도 지상으로 내려와 시장의 꼬치 연기와 뒤섞여지는 것 같았다. 안개와 연기는 서로 뒤섞이며 왁자지껄한 시장 골목을 하나씩 채워나갔다. 연기는 매대에서 흘러나와 어머니를 찾는 아이같이 행인들의 몸에 달라붙기 위해 끝까지 뒤를 따라왔다.

원래 진호는 고기를 별로 좋아하지 않았다. 시장에서 고기 굽는 냄새가 아무리 진동해도 먹고 싶은 생각이 그리 들지 않았다. 그런데 그가 웨이신 포털 사이트에서 서로 문자를 교류하는 중국인들 대부분은 육식을 좋아했다. 그들이 올려놓은 요리 사진은 주로 고기 종류였다. 꼬치구이는 그들의 주식이나 마찬가지였다. 시장 골목을 빠져나와 천천히 호텔 방향으로 걸었다.

길들 위에서 사람들은 모두 어딘가를 향해 가고 있었다. 진호같이 대낮에 하릴없이 어슬렁거리는 사람은 없어 보였다. 갑자기 가로수 아래로 바람이 훅 불어왔다. 바람은 사이프러스 나무 작은 연초록빛 이파리들을 낮게 흔들었다. 잎들이 낮은 목소리로 그에게 물어왔다. 너는 지금 무엇 하고 있느냐고.

진호는 호텔 안으로 들어왔다. 룸은 방금 청소를 끝냈는지 깨끗이 정돈이 되어 있었다. 샤워를 하고 나서 마른 타올로 몸의 물기를 대충 닦아낸 다음, 알몸으로 서서 밖을 내다보았다. 스촨 하늘은 어느 각도에서 바라보아도 흐리게 보였다. 하늘은 알아낼 수 없는 몽환적인 풍경을 펼쳐내며 끝이 보이지 않는 커다란 회색 천을 허공에 씌워가는 중이었다.

오후 8시가 지났다. 호텔 문에서 노크 소리가 들렸다. 문을 열어보니 그녀가 복도에서 웃으며 서 있었다. 그녀를 본 순간, 해종일 그녀 없이 혼자 떠돈 길들에 대해 생각했다. 길기만 했었던 길의 길이는 그녀를 본 순간, 그녀의 작은 키처럼 짧아지는 느낌이었다. 그녀가 다가와 그를 가볍게 안았다. 그녀는 진호를 쳐다보며 하루를 어떻게 보냈는지 물었다. 진호는 종일 다녔던 길들에 대해 말해 주었다. 공원을, 흐린 하늘을, 높이 올라간 사이프러스 나무들을 이야기해 주었다.

호텔 찻잔 옆에 커피믹스가 여러 개 놓여 있었다. 커피믹스의 포장지 디자인은 한국 제품을 그대로 복사해 놓은 것같이 거의 닮아 보였다. 진호는 평소 한국 남자 습관으로 가만히 앉아 있었다. 중국에서는 남자가 요리도 하고 차를 탄다는 것을 전혀 몰랐다. 오히려 그녀에게 오늘 커피를 마시지 않았으니 한 잔 타 달라고 했다. 아픈 그녀에게 예의 없이 대했던 것이다. 한 수 더 떠서 그녀가 타준 커피를 마시면서 한 마디했다.

아이는 잘 있나요?

순간 그녀 얼굴에 당황해하는 어둔 그림자가 건너갔다. 그녀는 5년 만에 처음으로 만난 외국 남자가, 이혼한 전남편 사이에서 낳은 아들 이야기를 꺼낸 의도를 몰라 당황했다. 고개를 숙인 채 앉아 있기만 했다. 갑자기 그녀 얼굴에서 기운이 쑥 빠져 나가는 느낌이 진호 쪽으로 전달되어 왔다. 진호는 퍼뜩 정신이 돌아왔다. 질문을 잘못 꺼냈다는 생각이 들었다. 그녀는 오랜만에 만난 한국 남자에게 아직 자신의 아이 이야기를 꺼낼 때가 아니라서 침묵한 것인지도 몰랐다.

진호가 불쑥 그녀에게 아이 질문을 함으로써 결과적으로 그녀 상처를 건드렸던 모양이었다. 그녀 컨디션은 좋아 보이지 않았다. 그녀는 마치 자신이 앉은 그 자리에 존재하지 않는 사람같이 침묵했다. 진호가 얼른 웃으며 화제를 돌렸지만, 분위기는 나아지지 않았다. 그 동안 그녀와 허물없이 자주 만났었다면 아이 이야기는 오히려 그녀를 편하게 해주는 질문일 수도 있었다. 그는 멀리서 그녀를 찾아왔다. 남자로서 좋은 분위기를 이끌어 내야 했다. 그런데 거래를 하러 온 사람같이 엉뚱한 질문을 했던 것이다. 마치 그녀의 약한 부분을 꺼내어 대화에 올려놓고 그녀 값을 깎아 내리려 했던 것같이 말이다.

그녀가 가만히 가방을 열었다. 핸드폰을 꺼냈다. 고개를 숙인 채 핸드폰을 들여다보았다. 그녀는 무슨 생각을 하는지 골똘한 표정으로 앉아 있었다. 눈치 없이 불쑥불쑥 아무 말이나 꺼내는 진호를 계속 만나야 할지 말지 생각하는 것 같았다. 진호가 중국 여자 마음을 몰라도 너무 몰랐다. 그의 질문은 아무 생각 없이 툭 한 번 뱉어낸 말이었다. 그녀가 의자에서 일어났다.

이만 돌아가 보겠습니다.

당황했다. 그녀는 마른 얼굴로 고개를 한 번 살짝 숙인 다음 문을 열고 밖으로 나갔다. 진호가 그녀 뒤를 따라가다가 멈춰 서서 그녀 뒷모습을 보았다. 그녀는 종종걸음으로 걸어갔다. 아니 거의 뛰어갔다. 어쩔 수 없이 진호는 다시 호텔방으로 돌아왔다. 먹먹한 느낌이 밀려왔다. 창가로 가서 하늘을 보았다. 하늘에는 여전히 반달이 보였다. 많이 아파 보이는 달이 얼굴을 찡그린 채 허공에 매달려 있었다

　새벽에 일찍 일어났다. 다섯 시에 호텔 정문을 나섰다. 그녀로부터 어제 밤 이후에 전화는 없었다. 어둔 길 위에 사람의 인적은 보이지 않았다. 2차선 도로 양쪽으로 상가들이 길게 조성된 것이 보였다. 공구나 소형 모터 전문 상가 단지였다. 가게 한 곳에서 막 셔터를 올리는 소리가 들려왔다. 새벽에 상점 셔터 올리는 소리가 허공 속으로 길게 날아갔다. 소리는 어미 잃은 새끼 갈매기가 우는 소리같이 끼어이끼어이 하며 날아갔다. 소리는 마치 그녀가 우는 소리같이 들려왔다. 아니 그녀를 서럽게 해 쫓아버리고 후회하는 진호가 내는 울음소리같이 들려왔다. 키 큰 상점 주인이 인기척을 느꼈는지 진호 앞으로 다가왔다.

　무엇을 찾나요?

　아닙니다, 산책하는 중입니다.

　주인이 그를 흘끗 한 번 쳐다본 다음 투덜거리며 다시 안으로 들어갔다. 호텔로 돌아왔다. 엘리베이터를 타지 않고 2층으로 통하는 나선형 계단으로 식당을 찾아갔다. 회사에서 출장

나온 직원으로 보이는 정장 차림 중년 남자 세 사람이 보였다. 아침뷔페 식단에 까만 쑹후아딴[松花蛋, 삭힌 오리알]이 뜨겁게 데워져 놓여 있었다. 까만 정장남자 두 사람이 웃으며 접시에 검은 오리알 두 개씩을 담았다. 진호도 접시에 오리알 한 개를 담아와 자리에 가서 앉았다. 오리알은 특유의 썩은 냄새가 나면서도 그 맛은 희한했다. 마치 미식가가 음식 여행을 다니면서 지역의 특이한 음식 맛을 감상하는 느낌이었다.

룸으로 들어와 그녀에게 전화했다. 발신음이 길게 허공을 건너갔다. 여러 번 걸어도 그녀는 받지 않았다. 문자를 보내기로 했다. 문자 초안을 몇 번씩 종이에 써서 내용을 부드럽게 만들었다. 핸드폰의 중국어 간자체 자판을 열고 문자를 보냈다. 답장은 오지 않았다. 당황했다. 저녁때까지 기다렸다가 하루를 더 묵고 가야 할지 고민이 되기 시작했다. 그녀를 만날 수 없다면 하루 더 있어 봐야 비용만 나갈 것 같았다. 가방을 싸놓고 1층 안내 데스크로 내려갔다. 여직원에게 내일 출발하는 비행기표를 하루 앞당겨 출발할 수 있는지 물어보았다.

아는 여행사가 있어요. 상의해 볼 테니 잠깐 기다리세요.

여직원은 오후 6시 반에 출발하는 항공편으로 바꾸는 것이 가능하다고 알려왔다. 여권과 당초 항공편 예약 확인서를 그녀에게 건네주고 룸으로 올라가 싸둔 가방을 들고 내려왔다. 이제 호텔에 더 머무르고 싶어도 있을 수 없게 되었다.

캐리어를 끌며 호텔 현관을 빠져나왔다. 공항에 도착해 시간을 보니 12시 반이 넘었다. 티켓팅을 위해 1층으로 올라가고 있을 때였다. 갑자기 바지에 넣어두었던 핸드폰에서 진동이 왔다. 그녀였다. 반가웠지만 망설였다. 짧은 시간에 많은 갈등이 파동을 일으켰다. 전화를 받자 그녀 목소리는 더듬는 것같이 떨려왔다.

전화를 받지 않아 호텔 번호로 전화해 봤어요. 직원 말이 퇴실했다고 하던데 맞나요?

진호가 지금 공항에 왔고, 티켓팅 하러 올라가는 중이라고 대답했다.

그럼, 오늘 떠나려 하나요?

당황했다. 그녀에게 십여 차례 전화했는데 받지 않았고, 문자를 보냈는데도 답신이 없어 나왔다고 말해 주었다. 혼자 고민하다가 예약했던 호텔을 취소하고 공항으로 나왔다고도 했다. 그녀가 물어왔다.

오늘 한국으로 돌아가면 언제 올 계획이 있나요?

그는 솔직히 오늘 가면, 언제 오게 될지 알 수 없다고 했다.

그녀가 웃으며 말했다.

무슨 남자가 그렇게 소심한가요? 저는 지금 대학병원에서 방사선 정기 치료를 받고 있어요. 치료 때문에 오전 내내 전화를 받지 못했어요.

창피했다. 그녀에게 놀림을 받아 마땅했다. 호텔로 돌아가 겠다고 했다. 그녀에게 오후 6시 반에 출발하는 비행기인데 다음날로 변경해줄 수 있는지 물었다. 그녀는 항공사에 친구가 있어 알아본다고 했다. 그리고 7시까지 호텔로 가겠다고 했다. 진호는 공항 택시를 잡아 호텔로 돌아와 다시 체크인 했다. 호텔 안내데스크 여직원은 그날 하루에 두 번씩이나 그를 만난 셈이었지만, 웃기만 하고 아무 말도 묻지 않았다.

*

　방문을 노크하는 소리가 들려왔다. 문을 열자 그녀가 서 있었다. 그녀는 들어오며 그에게 몸을 던졌다. 그녀 몸은 살이 없어 뼈만 남은 것처럼 가벼웠는데도 진호의 몸이 휘청거렸다. 그녀는 가방을 던지고 진호의 입술을 찾았다. 그녀 입술을 받았다. 예상치 못한 그녀의 돌발 행동으로 소심한 그는 보상을 받는 것 같았다. 정신을 차리지 못하고 그녀 입술을 받을 뿐이었다. 두 사람은 한참을 서로 안고 있다가 웃으며 떨어졌다. 진호는 냉장고에서 생수 한 병을 꺼내 들이켰다. 차가운 냉수가 몸속으로 들어가자 서서히 정상으로 돌아왔다.

　그녀에게 식사하러 나가자고 해보았다. 그녀는 전에 갔었던 식당이 있는데 그곳으로 한 번 가보자고 했다. 택시에 오른 그녀가 운전기사에게 식당 위치를 설명하자, 기사는 알았다며 콧노래를 흥얼거리기 시작했다. 기사가 물어왔다.

　남편과 식사하러 가나요?

　남편이 아니라 하오펑요우[好朋友]예요.

　진호는 기분이 좋아졌다. 그녀가 자신을 '절친[하오 펑요]' 으로 말해 주었기 때문이었다. 도착한 식당 건물은 첫날 가본 식당과 규모가 비슷했고 개업한 지 오래되어 보였다. 오래된 식당이 음식도 잘할 것이었다. 그녀가 매운 음식과 맵지 않은 음식을 두 접시씩 주문했다. 세심한 그녀가 매운 음식을 못 먹는 그를 배려했던 것이다. 맵지 않은 음식은 담백했다. 그녀에게 바이지우[白酒, 고량주]가 먹고 싶다고 했다. 그녀가 여직원을 불러 작은 고량주 한 병을 주문했다. 작은 고량주 잔을 서로 부딪치며 간빠이 하고 외쳤다.

진호는 스촨 고량주를 한 모금 마셔 보았다. 술이 넘어가면서 식도가 타들어가는 것 같았다. 날카로운 금속성 핀셋으로 목구멍을 찌르는 것 같은 통증이 느껴왔다. 뒷맛은 깔끔했다. 마치 독한 꿈을 꾸는 것 같기도 했다. 그가 말했다.

저는 고량주 체질 같아요.

바이지우를 좋아하면 성격이 단순해진답니다.

진호가 술잔에 반쯤 남아 있는 술을 입에 털어 넣었다. 속이 얼얼했고, 자꾸 헛웃음이 나왔다. 병에 남아 있는 술을 한 잔 더 따라 마셨다.

그녀는 얼굴이 붉어져 있었다. 아마 매운 음식을 먹어 그랬을 것이다. 진호도 얼굴을 만져 보았다. 열이 나는 것같이 뜨거웠다. 꿈속을 걷는 기분이었다. 그의 몸은 식당 공중에서 유영(遊泳)을 하고 있었다. 몸은 처음 온 청두 식당 허공을 떠다니며 아래를 내려다보고 있었다. 그녀가 화장실을 다녀오겠다며 자리에서 일어섰다. 화장실을 다녀온 그녀가 의자에 앉을 때 한 번 휘청했다. 그녀에게 물었다.

왜 전화를 받지 않았나요? 어제 제가 실수해 화가 나서 받지 않았나요?

어제 갑자기 제 아이 이야기를 물어 와서 많이 당황했어요. 그 질문으로 비로소 제 처지를 알게 되었답니다. 어쨌든 아이 문제는 간단한 이야기가 아닙니다. 다음에 이야기해요. 사실은 어제 제 몸 컨디션이 많이 안 좋았어요. 오늘 대학병원에서 정기 방사선 치료를 받는 날이었어요. 많이 바빴습니다.

저는 우리의 교류를 끝내려는 줄 알았습니다.

전에 제가 할아버지, 아버지가 돌아가셨다고 했지요? 두 분 다 암으로 가셨어요. 저는 일 년째 가슴 종양으로 방사선 치료를 받고 있고요. 의사는 부계 쪽의 암 유전 내력 때문에 암에 걸렸고, 다른 장기로 전이될 것 같다고 해요. 겁이 납니다.

진호는 작년에 그녀가 가슴 결절로 방사선 치료를 받는다는 내용을 문자 보내준 적이 있어 그녀의 병 내력은 조금 알고 있었다. 그러나 1년 사이에 중증으로 진행된 줄은 몰랐다. 아마 마지막 전이 단계만 남은 것 같았다. 아니 이미 전이되었는지도 몰랐다. 그녀는 이제 자신의 병 상태를 터놓고 이야기하자 마음이 편해 보였다.

그녀가 진호 눈을 빠히 들여다보았다. 그도 여자의 그런 눈초리는 처음이었다. 그녀가 작은 목소리로 이야기하기 시작했다. 진호는 새가 지저귀는 듯한 그녀의 작은 목소리를 듣고 있었다. 그녀의 말들에 모두 긍정하듯 고개를 끄덕여 주었다. 그녀가 숨이 가빠하며 말하기 시작했다. 이제 그녀가 말하는 방식은 중국인의 통상 화법으로 빨라져 있었다. 그녀가 하는 말을 모두 알아들을 수 없었다. 아마 그녀가 지금까지 살아온 자신의 이야기를 하는 것으로 짐작은 했다. 그런데 그녀는 말을 하고 나서 꼭 마지막에 진호에게 작은 소리로 물어왔다.

알았어요? 알았어요?

그녀가 진호에게 두 번씩 반복해 물었다. 마치 진호에게 다짐을 받으려 하는 것같이. 그녀가 그렇게 되물을 때마다 그는 고개를 끄덕이며 말했다. 마치 그녀가 당부를 하는 것으로 느껴졌기 때문이었다. 그녀의 말에 똑같이 반복해 대답해주었다.

그래요. 알았어요, 알았어요.

그녀는 이제 기분이 조금 밝아져 보였다. 진호가 그녀 말에 전혀 토를 달지 않아 그런지도 몰랐다. 그녀는 자기가 한 말을 진호가 모두 알아들은 것으로 생각하는 것 같았다. 진호는 그녀의 말을, 고통을, 가슴으로 짐작은 했다. 그렇다고 그녀가 지금까지 살아온 그녀 전체를, 그녀의 인생 전부를, 모두 이해한 것이라고는 감히 말할 수는 없었다. 그녀가 일어나서 계산했다.

함께 식당을 나와 걸었다. 그녀는 말을 많이 해서 피곤해 졌는지 진호의 팔에 매달려 걸었다. 그녀는 마치 술을 많이 마셔 다리가 풀린 사람같이 걸음을 제대로 걷지 못했다. 그녀는 길 위에서 비틀거렸다. 그녀는 자신의 고향인 스촨에서 흔들리고 있었다. 그녀의 고개가 앞으로 푹 꺾어졌다. 그녀 몸이 많이 안 좋아져 보였다. 택시를 잡았다. 호텔로 돌아와 그녀를 부축해 방으로 들어왔다. 얼른 커피포트로 물을 받아와 끓였다. 뜨거운 물로 녹차 두 잔을 만들었다. 침대에 앉아 그녀와 녹차로 건배했다.

그녀가 녹차 잔을 보며 소리 내지 않고 웃었다. 녹차로 건배하는 것은 처음이라 했다. 그가 잔을 내려놓고 그녀의 등을 몇 번 토닥여 주었다. 그녀가 안기며 눈을 감았다. 그녀는 자신의 존재를 잊은 사람으로 보였다. 그녀가 외투를 벗으려 했지만 기운이 하나도 없어 벗지 못하고 있는 것 같았다. 그녀가 외투를 벗도록 도와주었다. 그녀는 길게 누웠다. 흰 폴라를 입은 그녀의 몸에서 흰빛이 새어 나왔다. 이제 그녀의 몸은 기운이 모두 빠져나간 것으로 보였다. 어둔 조명 속에 그녀의 몸에서 하얀 빛이 새어 나오는 것처럼 보였다. 아니 그녀의 몸에서 혼이 빠져 나가는 모습을 본 것 같았다. 그녀는 움직이지 않았다. 도로의 가로수에서 바람이 스쳐 지나가는 소리가 몇 번 들린 것 같기도 했다.

가만히 그녀 몸에 이불을 덮어주었다. 그녀가 아픈 몸과 고단했던 시간을 내려놓고 쉬어 가기를 바랐다. 진호는 발소리를 내지 않기 위해 뒤꿈치를 들고 창가로 다가갔다. 가슴을 식히기 위해 심호흡도 길게 몇 번 했다. 그녀의 죽음을 생각했다. 하늘에는 반달이 보였다. 진호처럼 부족해 보이는 달이 사천 하늘에 떠 있었다. 그녀를 닮은 아픈 달이었다. 무릎을 꿇었다. 그녀의 아픈 몸이 회복하게 해달라고 오래 기도했다. 그녀의 아이를 위해 암에서 헤어나게 해 달라고 빌었다. 얼굴을 들어 달을 보았다. 순간 아픈 그녀와, 진호가, 함께 달 속으로 빠져 들어가며 잠기는 것이었다.

그의 눈에 고여 있던 그 어떤 것들이, 오랫동안 서럽게 간직해 왔던 기억들이, 주르륵 흘러내렸다. 오래 저장되어 있다가 흐르는 것들은 쉽게 멈추지 않았다. 달은 이제 물기 머금은 안개 속으로 빨려 들어가는 중이었다. 문득 앞이 캄캄해졌다. 그는 혼자였고 단지 여행자일 뿐이었다. 그의 눈에 고여 있던 것들이 흘러내리자 한결 가뿐해지는 것이 느껴졌다. 그의 무의식 깊은 곳에 간직해 왔던 무거운 고통들을 놓아버리자, 그가 욕망했던 세계와 현실 세계의 틈으로 환희가 밀려들어왔다. 그가 스찬까지 와서 찾은 것은 그 환상이었다.

진호는 지금까지 보아왔던 반달의 형태가 절반뿐이라서, 줄곧 아픈 달이라고만 생각해 왔다. 환상의 세계에서는 비록 반달도, 아파 보이는 달도, 보잘것없는 그도, 매미가 탈바꿈해 하늘로 우화(羽化)해 날아가듯 기쁜 달로 변하는 것이었다. 그는 이제 다른 세계가 존재한다는 것을 믿게 되었다. 환상의 세계에서는 고통도, 불안도, 기쁨으로 변할 수 있다는 것을 알게 되었다. 문득 구름 사이에서 달이 얼굴을 내밀었다. 달은 이제 아픈 달이 아니었다. 기쁜 달로 바뀌어 있었다.

환대의 윤리학—금기웅의 소설세계

장 석 주

환대의 윤리학

―금기웅의 소설 세계

우리는 왜 소설을 읽는가? 그것이 이야기이기 때문이다. 이야기는 우리가 누구이고, 무엇을 원하는가를 말한다. 인류는 이야기를 통해 공감 능력을 키우며 나와 다른 사람과 더불어 살아가는 법을 익혔다. 우리는 이야기 속으로 들어가서 그 이야기를 살아낸다. 결국 이야기에 귀를 기울이는 자들은 감정이입을 통해 그 이야기를 살아내는 것이다. "감정이입은 이야기꾼의 재능이며, 이곳에서 저곳으로 건너가는 방법이다."[1]

우리는 이야기 속에서 자신만의 삶을 빚는다. 그런 뜻에서 인간들 하나하나는 그 자체로 유현幽玄한 이야기들이다. 이야기인 한에서 소설은 포이에시스(poiesis)라고 말할 수 있다. 시(poetry)라는 단어의 기원이 된 이 용어는 "밖으로 끌어내어 앞에 내어놓음"이란 뜻이다. 포이에시스는 사람이 지어낸 모든 것, 즉 시를 포함한 창작 일반을 가리킨다. 하이데거는 이렇게 설명한다. "밖으로 끌어내어 앞에 내어놓음은 은폐성으로부

---

[1] 리베카 솔닛, 『멀고도 가까운』, 김현우 옮김, 반비, 2016, 13쪽.

터 비은폐성으로 끌고 가는 것이다. 은폐된 것이 비은폐의 상태로 나타나는 한에서만 밖으로 끌어내어 앞에 내어놓음이라는 사건이 일어나고 있다. 이 나타남은 우리가 탈은폐라고 칭하는 바 그것에 기인하며 그 안에서 전개되고 있다."[2]

이야기는 세상에 알려지지 않은 미로와 심연의 누설이고, 부재 저 깊은 곳에 있던 것의 홀연한 나타남이다. 옛날의 신화, 민담, 전설에서 오늘날의 소설, 영화, 연극, 드라마, 오페라에 이르기까지 세상의 모든 이야기는 숨은 것을 밖으로 끌어내어 앞에 내어놓은 것들이다.

서사 장르는 세상의 온갖 이야기를 은폐의 영역에서 비은폐의 영역으로 끄집어 내어놓는다. 왜 숨은 것들을 세상 밖으로 끄집어내는가? 이야기는 인간 실존과 얽힌 세상의 거의 모든 것을 포섭하는 다양체다. 이야기를 짓고, 옮기며, 즐기려는 욕망은 인간 무의식을 구성하는 일부다. 이야기를 지어내고 옮기는 것은 인간의 원초적인 본능에 속한다. 이야기라는 언표 행위는 일종의 지도 만들기에 견줄 수가 있다. 이야기는 다양체라는 뜻에서 수많은 길과 지형들로 구성된 지도다. 지도는 수많은 길의 시작들과 입구를 품고, 그 수많은 입구를 통해 또 다른 여러 가닥의 길로 뻗어나갈 수 있음을 보여준다. "지도는 열려 있다. 지도는 모든 차원들 안에서 연결 접속될 수 있다. 지도는 분해될 수 있고, 뒤집을 수 있으며, 끝없이 변형될 수 있다."[3] 세상에 떠도는 숱한 이야기는 저마다 상상

2 마르틴 하이데거,『강연과 논문』 이기상·신상희·박찬국 옮김, 이학사, 2008, 17쪽.
3 질 들뢰즈/펠릭스 가타리,『천 개의 고원』 김재인 옮김, 새물결, 2001, 30쪽.

의 지도를 품는다. 지도는 하나의 다양체로서 "자신의 지층들을 갖고 있
는 것"[4] 이다. 이야기는 통합과 분열 운동을 거듭하며 우리를 무의식의
지층으로 이끈다. 이야기는 우리로 하여금 자기 현존 속에 온전할 수 있
도록 도울 뿐만 아니라 거울의 반사작용으로 우리 자아를 비춘다. 우리
는 이야기 속에서 자기를 되비추면서 살아가는 존재다. 소설을 읽는다
는 것은 상상과 무의식의 지도를 들고 무의식의 지층으로 여행을 떠나
는 것이나 마찬가지다.

『환상 이야기』는 「즐거운 수목장」, 「사슴 부적」, 「손바닥의 말」, 「욕망의
입구」, 「유목민과 쇠망치 고수」, 「시와 혈서」, 「환상 이야기」 등 단편 일곱
편으로 구성된 소설집이다. 이 단편들에는 늘 가난하거나 병약하거나 장
애를 가진 인물들이 나온다. 이를테면 자식 없이 살다가 '무연고자 생활
보호 대상자'로 요양원에서 고독한 죽음을 맞는 고모(「즐거운 수목장」), 여
러 회사에 입사원서를 내다가 서른 넘어 겨우 작은 신용보증 회사에 평
사원으로 들어간 남자, 그리고 사기꾼에게 카페 보증금을 떼인 딱한 카
페 여주인(「사슴 부적」), 다섯 살 때 장티푸스를 심하게 앓아 귀의 달팽이
관이 손상되어 청력을 잃은 사내(「손바닥의 말」), 최저 생계비를 버는 시
간제 일을 하며 근근이 살아가는 젊은 남자(「욕망의 입구」), 주택 청약부
금을 붓기 시작하고 7년 만에 아파트 청약에 당첨되지만 추가 대출을 받
아 전세금을 반환하고 아파트에 입주한 남자(「유목민과 쇠망치 고수」), 공

---

4 질 들뢰즈/펠릭스 가타리, 앞의 책, 31쪽.

장 노동자의 곤궁한 처지에서 자기 구원의 수단으로 삼은 시詩가 오기를 기다리는 남자(「시와 혈서」), 가망 없는 암 환자로 방사선 치료를 받고 있는 중국 여성(「환상 이야기」) 등이 그 주인공들이다. 이들은 잘난 데 없이 어딘가 모자란 결핍의 존재들이다. 결핍은 죽음이 그렇듯이 이들 실존의 숙명 같이 보인다. 이들의 실존 위에 얹힌 세상의 우여곡절과 그로 인해 빚어진 고난과 불행은 무겁고, 이들이 붙잡으려는 희망의 끈은 가늘고 미미하다.

이 '불행의 서사'에서 가장 보편적인 인물의 사례는, 아마도 「손바닥의 말」에 등장하는 농아 사내일 것이다. "다음에 그를 도서관에서 만났을 때도 전에 해주었던 이야기를 다시 이어갔다. 자신은 고교를 졸업한 다음 먹고 살기 위해 야채상부터 시작해 고물상까지 안 해본 장사가 없다고 했다. 돈을 제법 모았었다고 했다. 그러다가 서른둘에 고향 선배가 하는 골재 채취 사업에 일부 지분으로 참여해 함께 꾸려나갔다. 한창 건설 경기가 좋을 때 돈을 잘 벌었다. 문제는 번 돈을 건축 사업에 재투자했다가 경기가 좋지 않을 때 사기를 당했다는 것이다. 최초에 사기를 친 친구가 달아난 뒤 연쇄부도를 맞았고, 중간에 낀 그도 사기죄로 피소되어 몇 달 간 구치소 생활을 했다. 당시 받은 충격으로 정신요양원에 들어갔고, 요양원에 부설된 신학교에 입학했다며 이야기를 이어갔다. 중·고등학교를 특수학교와 일반학교를 전전한 그는 신학교 교과 과정을 따라가기 어려워 휴일에도 도서관에 나와 공부한다고 했다. 물론 나중에 그는 전도

사 자격을 취득했다. 그의 인생이 험난하고 굴곡이 많아 보였지만, 자기 말마따나 그리 실패한 인생은 아니라고 했다."(「손바닥의 말」) 인호가 도서관에서 만나 안면을 트고 지내는 농아 사내는 역경을 헤치고 나온 끝에 제법 돈을 모으고 살 만해진다. 그러다가 사기를 당해 가난의 밑바닥으로 곤두박질한다. 나중에는 구치소와 정신요양원을 전전하고, 신학교 입학과 전도사 자격 취득이라는 등 굴곡이 많은 인생 역정이 이어진다. 이 불행의 규모는 아주 사소하고, 세상에 흔하게 널려 있다. 현실 세계에서 불행의 예속에서 풀려날 길이 없는 이들은 이것들을 말없이 견뎌낸다. 이들은 자기 운명의 선고가 무엇이든지 간에 그것을 거역하지 않는다. 운명의 피동적 수납자라는 뜻에서 이들은 이미 메마름과 고갈로 죽어버린 영혼이라고 말할 수도 있으리라. 작가는 이들이 이 험한 세상을 시난고난하며 어떤 방식으로 자기 실존을 빚는가를 따라가며 관찰한다.

작가는 불행이 과부하를 일으킬 때 신체가 어떻게 반응하는가를 주목한다. 설사는 불운과 불행에 맞서는 최소한도의 신체적 저항 현상이다. "한밤중에 설사가 시작되었다. 설사는 인호의 불안이, 끝없이 달려드는 생각들이, 밖으로 터져 나온 현상이었다. 임시직이라는 신분상의 불안, 앞날을 기약할 수 없는, 아무것도 담보되지 않는 어정쩡한 청춘의 현상 같은 것이었다. 어질어질했다. 기운이 빠져 나갔고 잠이 쏟아져 왔다. 수돗물을 반 컵 마시고 쓰러져 잠을 청했다. 월요일 아침에야 겨우 정상으로 돌아왔다."(「손바닥의 말」) 설사는 아주 작은 불행의 기미다. 그것은 만성적인 소화불량, 속쓰림, 그리고 구토와 마찬가지로 자기 안에 쌓인 그 무엇에 대한 저항이자 신체의 파업이다. 작가는 설사가 내면에 쌓인 '불안'과 '끝없이 달려가는 생각들'이 '밖으로 터져나온 현상'이라고 진단한다. 말할 수 없는 우리 몸은 자기 안에 쌓이는 불행의 잔재를 그런 방식으로 밀어내는 것이다.

소설집 맨 앞의 「즐거운 수목장」을 살펴보자. 이 단편은 슬하에 자식이 없어 '무연고자 생활보호 대상자'로 요양원 시설에서 죽음을 맞는 고모의 이야기를 다룬다. 정수는 고모가 죽자 시신을 화장장으로 운구하고 유골을 인수받아 고모의 유언에 따라 한 사찰에서 수목장을 치르는 절차를 혼자 담담하게 감당한다. 이 소설은 요양원 시설에서의 고모를 다룬 전반부와 수목장을 중심으로 하는 후반부로 뚜렷하게 대조된다. 무엇보다도 전반부의 문체와 후반부의 문체가 미묘하게 달라진다. 전반부 문체는 세상 인정의 반생명적 메마름에 대응하는 건조함을 특징으로 한다. 반면에 후반부 문체는 나무와 죽은 인간들이 질료적으로 뒤엉키며 창조되는 신화적인 상상을 품으면서 생동한다. 먼저 소설의 전반부. 정부 지원을 받아 운영하는 요양원 직원들은 모두 불친절하다. 그들은 요양원에 수용된 환자들을 그저 돈벌이의 수단으로 여긴다. 고모는 무연고자 생활보호 대상자로 그 비정한 요양원에 오랫동안 머물다가 쓸쓸한 죽음을 맞는다. 요양원이 생산과 효율을 따지는 경제적 프레임과 피도 눈물도 없는 자본주의의 냉혹한 논리가 지배하는 타락한 현실 세계를 가리킨다면, 요양원에 방치된 무료 수급자들은 세상과 분리되고 소각되어야 할 폐기물에 지나지 않을 것이다. 요양원이 이들에게 불친절한 것은 이들이 요양원에 유용한 그 무엇의 생산에 기여하는 바가 없기 때문이다.

정수는 화장 절차를 혼자 다 마치고 고모의 유골을 수목장으로 모신다. 이 수목장 부분을 눈여겨 볼 필요가 있다. 작가의 상상과 사유는 전반부의 메마름을 넘어서서 화사하게 풍요롭게 펼쳐진다. 그것은 아마도 작가가 무의식의 상상력 속에서 나무의 파릇한 생명력에 감응했기 때문일 거라고 짐작한다. 오랜 세월 동안 인류는 나무에 기대어 살아왔다. 그래서 나무는 인류의 무의식 속에서 생명의 우주적 회통을 매개하는 존재로 군림해왔다. "수목장으로 이용된 수많은 나무들은, 자동 절구로 빻아진 수많은 유골들은, 컴컴한 지하 공간에서 서로 만나게 될 것이었다. 나무들은 한 생으로, 한 삶으로, 힘들게 뿌리내린 지하 공간에서 서로 다른 나무의 뿌리들과 연결되어 있었다." 수목장터에서는 어떤 일들이 일어나는가? 나무는 다른 나무의 뿌리들과 연결되어 미생물을 분해하고 그 자양분을 빨아들이면서 지구의 생물지구화학적 순환의 고리로 작동한다. "수목장터의 지하 공간은 수많은 인골들과 인골들이 만나는 장터처럼 자리잡아 서로 어울리고 있었다. 나무들의 삶과, 인간들의 죽음과, 서로 보이지 않는 끈으로 연결된 환희의 장터였다." 죽어서 나무 아래에 묻힌 인간의 몸은 나무의 뿌리들에게 자양분을 내주고 사라진다. 그리하여 수목장터는 '나무들의 삶과, 인간들의 죽음'들이 만나고 생명이 회통하는 '환희의 장터'로 바뀐다.

작가 금기웅이 들려주는 이야기는 소소한 것들이다. 그것은 일상범백사에 포섭될 수 있을 만큼 작은 불행의 이야기들인데, 작가는 그 속에서 예기치 않은 구원과 진리의 순간들을 포착한다. 작가는 이 놀라운 진리의 순간들을 뭉뚱그려 '환상'이라고 부른다. 그 '환상'은 현실 저 너머 아득한 거리에서 별같이 반짝거린다. "어제의 별들은 이미 황도대黃道帶 저편 우주 골짜기로 넘어갔다. 언젠가 무의식 속의 어린 그를 불러내어 다시 마주할 기회는 있으리라."(「욕망의 입구」) 현실 세계에 떠 있는 것은 '반달'이다. '반달'은 모자란 달, 아픈 달이다. 하지만 환상의 세계에서는 모든 게 탈바꿈한다. "진호는 지금까지 보아왔던 반달의 형태가 절반뿐이라서, 줄 곧 아픈 달이라고만 생각해 왔다. 환상의 세계에서는 비록 반달도, 아파 보이는 달도, 보잘 것 없는 그도, 매미가 탈바꿈해 하늘로 우화羽化해 날아가듯 기쁜 달로 변하는 것이었다. 그는 이제 다른 세계가 존재한다는 것을 믿게 되었다. 환상의 세계에서는 고통도, 불안도, 기쁨으로 변할 수 있다는 것을 알게 되었다. 문득 구름 사이에서 달이 얼굴을 내밀었다. 달은 이제 아픈 달이 아니었다. 기쁜 달로 바뀌어 있었다."(「환상 이야기」) 범속한 현실에서 '환상'으로 건너가는 위해서는 우화라는 과정을 거친다. '환상'은 우리 범속한 삶의 켜에 숨은 경이로운 각성과 비일상적 아름다운 깨달음의 찰나를 포용하는 개념이다. 불행과 불운에 머리채가 잡혀 휘둘리며 고통과 불안에 시달리는 사람들은 나쁜 현실 세계에서의 조난자들이다. 그들은 길을 잃고, 표류하며, 허둥지둥하고, 뿌리 뽑힌 채 세상을 떠돈다. 이들은 조난 상태에서 어디론가 구조 신호를 보내고, 자기 구제를 위해 '환상'으로의 도주선을 모색한다. 도주선을 타고 도망가기는 자신의 운명을 불행이라는 지층에서 떼어내는 일이다. 달리 말하면 탈영토화하기다. 여기가 아니라 저기로, 이 방식의 삶이 아니라 다른 방식의 삶으로! 금기웅의 단편에서 이들이 선택한 도주선은 여행이거나 ; "5년 전, 진호가 한국에 자유여행 왔던 그녀를 처음 만났을 때 한 번 찾아가겠다는 생각을 한 적이 있었다. 현실은 어려웠다. 어머니로부터 동생들 학비를 보태라는 전화를 받으며 여행은 이불 속 꿈으로만 남아 있었다."(「환상 이야기」), 시 쓰기다 ; "사실, 그는 이번 달 들어 그녀가 꿈에서 나타나길 기다려왔다. 그녀는 보이지 않았다. 꿈속의 그녀는 바빴거나, 아예 그를 잊었거나, 둘 중의 하나였을 것이다. 가슴이 구멍난 것같이 허전해졌다. 하루하루 힘들게 구조 신호를 보냈지만, 아무 소식을 받지 못한 조난자같이 공허해져 갔다."(「시와 혈서」)

작가 금기웅은 세상의 주변부로 밀려난 외롭고 소외된 채 근근이 최소주의로 삶을 꾸리는 인물들, 즉 세계의 중심에서 저 가장자리로 추방당한 이들을 소설의 중심인물로 즐겨 채택한다. 이들은 제각각 떨어져 궤도를 도는 외로운 별들이다. 하지만 이들은 만나고 관계를 맺으며 상호 의존하는 연대連帶를 불행과 역경을 넘어설 수 있는 한 줄기 희망의 빛을 찾는다. 「사슴 부적」은 한 골목 끝에 있는 낡은 건물의 북 카페가 배경이다.

"골목은 마치 세상 끝에서 불어오는 듯 차가운 바람이 떠도는 길이었다. 가로수 마른나무 잎들이 깨를 추수할 때 도리깨로 흠씬 두드려 맞듯 쏟아져 내렸다. 낙엽들은 어디든 쉬고 싶었겠지만, 멀리 날아가지 못하고 여기저기 쏠려 다니기만 했다." 이 골목은 세상의 막다른 곳인 듯 고적하고, 길에는 낙엽들만 바람의 방향에 따라 이리저리 쏠려 다닌다. 작가는 이 스산한 골목 풍경을 통해 작중인물들의 스산한 내면을 암시적으로 드러낸다. 북 카페 벽면에는 "벽에 뿔이 비대칭적으로 크고 턱이 이마보다 넓은 사슴 그림"이 있는데, 이 사슴 그림은 서사 내부에서 상징적 의미를 갖는다. 작중화자는 카페 여주인에게서 이 그림의 유래에 대해 듣는다. "전에 만나던 남자친구가 사냥을 좋아했어요. 그런데 시베리아로 들어가 현지 야쿠트족 여자와 살림을 차렸다고 해요. 그렇게 한동안 연락 없던 남자가 시베리아 야생사슴 사진 몇 장과 손글씨 편지를 보내왔어요. '나는 이렇게 세계의 끝자락에 주저앉아 있다. 그런데 갑자기 네 생각이 난다.' 어쩌구 하며 소식이 온 거예요." 이 카페 여주인은 여고 동창의 소개로 '러시아에서 순도 높은 다이아몬드 채굴사업'을 한다는 사람에게 카페 보증금을 사기당한다. 진우는 곤경에 빠진 카페 여주인에게서 건물주를 만나러 가는데 동행해주기를 부탁받고 받아들인다. 아주 가느다란 인연으로 만난 사이지만 진우는 기꺼이 카페 여주인을 도우려고 자기 시간을 내는 진우의 태도에서 우리는 타자를 조건 없이 환대하는 윤리학에 포섭되는 행동을 엿볼 수가 있다.

표제작인 「환상 이야기」를 읽어 보자. 이 단편은 한 중국 여성을 만나려고 중국 스촨성[四川省]으로 짧은 여행을 다녀온 한 남자의 이야기를 들려준다. 진호는 가슴 혹 결절로 대학 병원에서 방사선 치료를 받는다는 중국 여성을 만나려고 스촨성 여행을 계획한다. 마침내 스촨성에 도착해 예약한 호텔에 투숙하고 자신을 방문한 중국 여성과 식사를 하며 얘기를 나눈다. 중국 여성에게서 유방암이 마지막 전이 단계로 진행되어 살 날이 얼마 남지 않았다는 얘기를 듣는다. 혼자 있는 동안에는 호텔 데스크에서 청두시내 관광지도 한 장을 구해 재래시장 골목을 둘러보고, 공원에서 인민복 차림의 노신사가 중국 전통 현악기 후친[胡琴, 호금] 연주하는 걸 구경한다. 중국 여성과 통화가 두절되자 실망한 진호는 예정을 앞당겨 출국하려고 항공편 예약을 바꾸지만 나중에 오해였음이 밝혀진다. 중국 여성은 병원에서 방사선 치료를 받느라고 그의 연락을 받지 못했던 것이다. 진호와 중국 여성은 연인 관계도 아니다. 그럼에도 진호는 스촨성까지 여행을 다녀오고 아픈 그녀를 만나 식사를 하고 얘기를 나눈다. 물론 두 사람은 호텔에서 가벼운 포옹을 하지만 그 이상의 일은 일어나지 않는다. 진호는 왜 중국까지 와서 아픈 그녀를 만난 것일까? 진호가 스촨성에서 인상적으로 보았던 것은 밤하늘에 떠 있던 반달이다. 진호는 그 반달에서 어딘가 부족한 자신의 운명과 아픈 그녀를 겹쳐 본다. 진호는 그 달을 보면서 중증의 암 환자인 여성의 회복을 빌며 기도한다. 그 사이 진호는 자신의 내면에서 일어나는 변화를 주시한다. 그 변화란 무엇인가? "그의 눈에 고여 있던 그 어떤 것들이, 오랫동안 서럽게 간직해 왔던 기억들이, 주르륵 흘러내렸다. 오래 저장되어 있다가 흐르는 것들은 쉽게 멈추지 않았다." 그러니까 진호는 자신 안에 웅어리진 고통의 기억들이 녹아내리는 경험, 즉 고달픔과 원망으로 얼룩진 기억들의 강박에서 해방되는 변화의 계기적 순간을 맞는다. 그 다음은? "그의 눈에 고여 있던 것들이 흘러내리자 한결 가뿐해지는 것이 느껴졌다. 그의 무의식 깊은 곳에 간직해 왔던 무거운 고통들을 놓아버리자, 그가 욕망했던 세계와 현실 세계의 틈으로 환희가 밀려 들어왔다. 그가 스찬까지 와서 찾은 것은 그 환상이었다." 세상에 아무것도 기댈 것이 없는, 그래서 늘 혼자인 진호가 한 여성과의 가느다란 인연에 기대어 찾은 스찬성에서 찾은 것은 '욕망했던 세계와 현실 세계의 틈'으로 엿본 환희, 고달픈 삶의 저 너머에 떠 있는 또 다른 세계이다. 그것이 바로 현실이 머금은 환상이다. 진호는 말기 암에 걸린 중국 여성의 불행을 외면하지 않는다. 자신과 관계가 없는 중국 여자의 고통과 불행에 연민을 느끼고, 그녀가 질병의 질곡에서 벗어나기를 진심으로 빌며, 불행에 기꺼이 동참하는 연대 속에서 자기 무의식에 숨은 무거운 고통들이 녹아내리는 경험을 한다. 이것은 국경과 인종의 경계를 넘어서서 불행의 서사가 연민의 서사로 바뀌는 변곡점이다. 잘 모르는 중국 여자에게 제 마음의 한켠을 내주는 작중화자에게서 나는, 불행과 불행이 서로 기대면서 그 불행을 넘는 가능성과 함께 가느다란 환대의 윤리학을 엿본다. 진호도 그런 사실을 불현듯 깨달은 게 분명하다. "그는 이제 다른 세계가 존재한다는 것을 믿게 되었다. 환상의 세계에서는 고통도, 불안도, 기쁨으로 변할 수 있다는 것을 알게" 되는 것이다.

작가가 이 '불행의 서사'들로 전하고 싶은 것은 무엇일까? 금기웅의 단편 일곱 편을 읽으며 내내 품었던 의문이다. 작가는 이 욕망으로 소용돌이치는 현실 저 너머에는 고통이나 불안이 기쁨으로 우화하는 환상의 세계가 있다고 말한다. 밤의 불행과 강박에 빠진 이에게 언젠가는 어둠과 혼돈을 깨고 날빛이 돋아 온다고, 그 기쁨의 때를 기다리라고 말하듯이. 카프카는 『변신』에서 『소송』, 『판결』로 이어지는 작품들에서 고통이 부재하는 고통, 불행이 부재하는 불행, 죽음이 부재하는 죽음 따위의 부조리함으로 가득 찬 세계를 그려낸다. 카프카의 문학에 대해 모리스 블랑쇼는 이렇게 말한다. "죽음, 그것은 저기인데, 도달할 수 없는 거대한 성이고, 그리고 삶, 그것은 저기였는데, 잘못된 부름을 따라 떠났던 태어난 곳이다. 이제 완전하게 죽이기 위해 싸우고, 일하는 수밖에 없다."[5]

카프카의 인물들은 어리둥절한 채 소송에 휘말리거나 중심에서 밀려나 바깥을 끝없이 배회하는 처벌을 받는다. 그들은 아무것도 할 것이 없다. 그들이 할 수 있는 일이란 어떤 명예로운 승리도 없는 그 부조리들과 싸우는 것뿐이다. 부조리란 처벌이 시행되지 않는 모호한 악이다. 그 모호한 악과의 지리한 싸움은 사는 동안 내내 계속되는 악몽이다. 금기웅은 불행의 겉과 속을 살피고, 그 부조리에 짓눌린 인간의 행태를 집요하게 탐색한다. 불행에 대한 그들의 피동성과 불행에 삼켜진 의식의 익명

---

5 모리스 블랑쇼, 『카프카에서 카프카에로』, 이달승 옮김, 그린비, 2013, 64쪽.

성은 구체적 실감으로 빛난다. 그들은 지리멸렬한 생의 한가운데로 휘어져 들어가며 종종 돌발적인 선택을 한다. 그 돌발성은 불행이라는 질곡과 덫을 만드는 현실에 대한 소극적 방어기제 때문에 생겨난 것일까? 그들은 밤이라는 거대한 어둠에 삼켜질 만큼 자신이 만만한 존재가 아니라고 주장하고 싶은 걸까? 어쩌면 그럴지도 모른다. 그들은 밤의 어둠 속으로 섬광처럼 파고드는 한 줄기의 빛을 찾으려고 애쓴다. 불행에 속수무책일 만큼 연약할지 모르지만 인간다움을 유지하게 만드는 자존마저 포기하지는 않는 인간들! 그들의 무너진 자존이 가장 온전하고 화사한 방식으로 회복하고 분출하는 게 바로 불행에 빠진 타인을 향한 환대다. 어디에서든 환대받지 못한 채 차별과 배제로 불이익을 당하며 떠도는 사람들은 다 난민들이다. 금기웅이 다룬 '불행의 서사'는 소외되고 내쳐진 그 난민들이 어떻게 그들의 불행과 싸우고 있는지를 보여주며 어떤 계기적 순간에 타인을 환대가 생동하며 발현하는가를 살핀다. 불행에 빠진 인간이 자신보다 더 불행한 타자를 연민하고 그들에게 기꺼이 도움을 베푸는 태도를 '환대'라고 한다면 금기웅의 소설은 환대의 윤리학을 펼쳐낸다고 말할 수 있겠다.

장석주/시인, 문학평론가